纪伯伦全集

被折断的翅膀

〔黎巴嫩〕纪伯伦 著

李唯中 译

الأجنحة المتكسرة

中国经济出版社
CHINA ECONOMIC PUBLISHING HOUSE
北京

图书在版编目（CIP）数据

被折断的翅膀/（黎巴嫩）纪伯伦著；李唯中译. — 北京：中国经济出版社，2024.5
（纪伯伦全集）
ISBN 978-7-5136-7610-6

Ⅰ.①被… Ⅱ.①纪…②李… Ⅲ.①中篇小说—黎巴嫩—现代②短篇小说—小说集—黎巴嫩—现代 Ⅳ.①I378.45

中国国家版本馆 CIP 数据核字（2024）第 000330 号

策划编辑	龚风光
特邀策划	青崖白鹭
责任编辑	王　絮
责任印制	马小宾
封面设计	静　颐

出版发行	中国经济出版社
印 刷 者	三河市中晟雅豪印务有限公司
经 销 者	各地新华书店
开　　本	880mm×1230mm　1/32
印　　张	7.25
字　　数	162 千字
版　　次	2024 年 5 月第 1 版
印　　次	2024 年 5 月第 1 次
定　　价	35.00 元

广告经营许可证　京西工商广字第 8179 号

中国经济出版社　网址 www.econmyph.com　社址 北京市东城区安定门外大街 58 号　邮编 100011
本版图书如存在印装质量问题，请与本社销售中心联系调换（联系电话：010-57512564）

版权所有　盗版必究（举报电话：010-57512600）
国家版权局反盗版举报中心（举报电话：12390）服务热线：010-57512564

导读

李唯中

本书收录了纪伯伦小说全集中的两部短篇小说集和一部中篇小说《被折断的翅膀》，都是纪伯伦的早期作品，前者创作于1906—1908年，后者则创作于1910年，即纪伯伦从巴黎返回美国，定居波士顿期间。

短篇小说着重于反对封建压迫和宗教权势，《痴癫约翰》为这一时期的代表作。小说的主人公是一位放牛的青年，因为牛群误入修道院领地而被抓起来。小说中，作者借放牛青年之口，挑战封建、宗教势力代表修道院长，怒斥道："你们这些个该死的伪君子啊，你们总是屈从于你们贪欲的偶像；用黑色的衣服，掩盖着你们的黑心肠；你们用祈祷活动你们的嘴唇，而你们的心像顽石一样僵硬；你们假装谦恭在神坛前顶礼膜拜，而你们的灵魂早已背叛了上帝。"

青年又责斥、揭露道："心肠残酷的人们哪，你们睁开眼睛，看看这些城市和贫困乡村吧！在那里的住宅中，多少病人挣扎在痛苦的病榻上！有多少不幸的人在那里的监牢里埋葬青春！多少乞讨人在门前乞求施舍，多少异乡人困卧路旁，坟地里多少寡妇孤儿在哭号！而你们在这里却尽享懒惰的舒适生活，品味着地里收来的果实和用葡萄酿成的美酒。你们不曾去看望一个病人，更没有去探望过一个囚徒！你们没有给一个饥饿者送过食物，也没有为任何一个异乡人提供住宿，更没有安慰过任何一个愁苦者。你们用尽阴谋诡计，掠夺了我们先辈的那么多财物，你们应该感到满足，理应就此罢手；可是，你们仍像毒蛇伸头那样伸出你们的手，还在竭尽全力抢夺寡妇双手劳动所得以及农民为年迈之时积存的东西。"

青年惨遭毒打,并被关禁闭;他在复活节当天揭露那些"宗教商"的无耻、伪善与丑恶,又被送进官府;经其父亲亲自出面证明儿子患有"痴癫症",才得以开释。小说的高明之处在于创造了一个"假痴不癫"者的艺术形象,敢于公然高声挑战封建礼教,号召人们起来反抗暴政和黑暗专制势力,东方开始抗争了!

面对宗教势力,敢于如此强悍怒斥控诉,这是何等胆量!

《草原新娘》《叛逆的灵魂》饱含血泪地描写了玛尔塔·芭妮娅、沃尔黛·哈妮等东方女性在封建礼教、宗法制度迫害下的不幸遭遇和悲惨命运。不过,那一个个女人都是红颜薄命,悲愤、泪水、控诉,均表达的是作家心中的忧思与同情罢了,对强大的邪恶势力不能撼动丝毫。这时写就的《被折断的翅膀》,其中的女主人公赛勒玛同样不幸,纪伯伦感到失望,都不愿意让其出版问世了。但是,出乎意料的是它一面世,就受到阿拉伯世界的空前欢迎。不过纪伯伦另有心绪:"人们为我的外表鼓掌,对我的内心一无所知。谁能为我送来一颗灵魂,能了解我的内心渴求……不,没有一个人。"

《被折断的翅膀》是阿拉伯中篇小说的开山之作,也是纪伯伦的小说艺术代表作,1912年出版,意义重大。该部作品的故事情节并不复杂,其中的"我"是一位孤独忧伤的青年,与赛勒玛姑娘彼此心心相印,但姑娘屈从父亲的意志,被迫而又违心地嫁给了大主教的侄子。心中忘不了"我"的赛勒玛,每月与"我"在荒野神殿幽会一次,但始终不答应与"我"远走高飞,说"翅膀被折断的鸟儿,只能在岩石间跳来跳去,但却不能在天空翱翔、盘旋……"赛勒玛婚后五年,才生下一男婴,"第一次睁开眼……随之一阵抽搐,便最后一次闭上了眼睛"。第二天,赛勒玛"身穿白色婚纱,被放入雪白鹅绒衬里的棺材里。她的孩子则裹着襁褓,母亲那寂静的怀抱则做了他的棺木和坟墓"。这是一幕封建神权下的爱情悲剧。

方家认为该作品的意义"并不仅仅在于它讲述了一个爱情悲剧,而在于作品很强的象征意味"(马征先生语)。

纪伯伦虽大半生身居西方,但他炽热的东方情怀、家国情结从未因岁月流逝减弱了些,《被折断的翅膀》所描绘的美女赛勒玛就是东方和家国的象征。小说表达的热爱东方和祖国的激情、乡愁,正是纪伯伦的"内心渴求"。

小说开头就写到家国:"天涯处处春光美,但最美的春天却在叙利亚。"继之请看姑娘的美:她的"手洁白、柔嫩,足以与田野上的百合花相媲美"。她"身材苗条,穿着洁白长绸裙出现时,就像从窗子射进去的月光"。"与赛勒玛见面,在花园里对坐长谈,细观她的美丽容颜,欣赏她的天赋才气,静听她那无声的忧愁,只觉得有无数只无形的手在把我拉向她。"

作者一再描写姑娘的美。"赛勒玛的容貌美并不合乎人类所制定的关于美的标准和尺度,而是一种像梦一样的奇异之美,或者说像幻影,或者说像一种神圣思想,不可丈量,无可比拟,不能界定,画师的笔描绘不出,雕刻家用大理石雕刻不成。赛勒玛的美不在于她那一头金发,而在于金发周围的圣洁光环;她的美不在于她那一对明亮的大眼睛,而在于明眸内闪烁出的亮光;她的美不在于她那玫瑰色的双唇,而在于唇间溢出的蜜糖;她的美不在于她那象牙色的脖颈,而在于脖颈微微前倾的形象。赛勒玛的美不在于她那完美的体形,而在于她的灵魂高尚得像是一柄盛燃的白炽火炬,遨游在大地与无尽天际之间。赛勒玛的美是一种诗情画意,我们只能在高雅诗篇、不朽的画作和乐曲中才能看到她的影子。才子们总是不幸的,无论他们的灵魂多么高尚,却总是被一层泪水包裹着。"

姑娘的忧愁也正是作者的忧愁。"与赛勒玛品质和性格形影不离的特质是深沉、强烈的忧愁。忧愁本是一种精神绶带,赛勒玛披上它,则使她的体态更加美丽、庄重、奇异,她的心灵之光透过布丝露出来,就像透过晨雾看到的一棵繁花盛开的大树,忧愁将我俩的灵魂紧紧联结在一起。""赛勒玛望着我,月光照着她的面孔、脖颈和手腕,她就像美与爱之神阿施塔特的崇拜者雕刻成的一尊象牙雕像。"

然而,"赛勒玛像许多不幸的姑娘一样,成了父亲巨财和新郎贪婪的牺牲品"。结婚五年没能生下一男半女,而"东方透出黎明曙光之时,赛勒玛生下一个男婴",但"那是一个胎儿,刚刚长成孩子,便已化成了泥土。这就是人的一生,而且是民族的一生"。

姑娘美,东方美;姑娘不幸,东方不幸。作家的"内心渴求"用小说表现得含蓄、深沉、悠远,留给读者的是无限的想象余地。

2023 年 1 月 20 日于晏如居

内容提要

控诉封建权势与宗教种种罪恶是纪伯伦小说的创作主旨。

《草原新娘》收入作者的《世代灰烬与永恒之火》《玛尔塔·芭妮娅》和《痴癫约翰》三部短篇小说。

《玛尔塔·芭妮娅》讲述了一个出身贫寒的纯洁农村姑娘被拐骗进城市,失身之后又遭抛弃并沦落为烟花女,终于惨死的悲剧。

《痴癫约翰》的矛头直指封建与宗教专制势力。牧牛青年约翰因牛群误入修道院领地而遭毒打、禁闭。约翰不畏强权,当众揭露宗教头领的伪善,遭官府的拘捕。直到父亲出面,说自己的儿子害了"痴癫症",方才得释。小说塑造了一个蔑视封建礼教的"痴癫",原来是假痴不癫,不但自己不驯从于封建专制,还唤醒人们一道反抗暴政。

《叛逆的灵魂》收入《沃尔黛·哈妮》《坟墓呐喊》《新婚的床》和《叛教徒海里勒》四部短篇小说。

《沃尔黛·哈妮》中的女主人公不满封建婚姻制度,公然蔑视传统与法律,大胆摒弃没有爱情的婚姻,冲破封建牢笼,逃离年迈富有的丈夫,情愿投入自己心爱的贫苦青年怀中,追求真正的爱情与幸福。

《坟墓呐喊》,作者通过三个被判死刑的无辜者的"冤魂"呐喊,揭露当权者的野蛮、残忍和法律的虚伪。其一,为保护未婚妻贞操的青年,因不慎失手,杀死了欲霸占其未婚妻的军官而被处死刑;其二,一个少妇被逼迫嫁给自己所厌恶的男人,在与昔日意中人幽会时被人看见,虽无任何越轨行为,却被加上"通奸"罪名而被乱石击死;其三,一位为修道院终年劳作的善良农夫，因为饥饿的孩子去修道院偷取自己种出的粮食而被冠以"盗窃"罪名，终未免一死。

《新婚的床》的女主人公在与一个自己不爱的富家公子举行盛大婚礼之时，毅然找到意中人，决定私奔。但那位青年却因受传统偏见束缚，佯称已爱上他人。盛怒之下，女主人公拔出匕首，刺入情人胸膛，情人这才说出实话。面对着出席婚礼的众宾朋，女主人公对封建婚姻制度一番淋漓尽致地控诉之后，将沾满恋人鲜血的匕首扎入自己的胸膛，壮烈殉情。

《叛教徒海里勒》的主人公是一位青年修道士。他目睹教主欺压百姓、巧取豪夺的残酷现实，愤然醒悟，号召人们起来反抗，且面对嘲弄、酷刑、屠刀，毫不退缩。在这位"叛教徒"领导下，取得胜利的农夫终于过上了耕者有其田的幸福生活。

《被折断的翅膀》被认为是阿拉伯第一部中篇小说，也是纪伯伦小说艺术成功的代表作。小说中的"我"与赛勒玛姑娘彼此衷心相爱，但姑娘屈从父亲的意志，被迫而又违心地嫁给了大主教的侄子。心中忘不了"我"的赛勒玛，每月与"我"在荒野神殿幽会一次，但始终不答应与"我"远走高飞，说"翅膀被折断的鸟儿，只能在岩石间跳来跳去，但却不能在天空翱翔、盘旋……"赛勒玛婚后五年，生下一男婴，"第一次睁开眼……随之一阵抽搐，便最后一次闭上了眼睛"。第二天，赛勒玛"身穿白色婚纱，被放入雪白鹅绒衬里的棺材里。她的孩子则裹着襁褓，母亲那寂静的怀抱则做了他的棺木和坟墓"。这是一幕封建神权下的爱情悲剧。

纪伯伦曾在故乡有过类似的一段恋情。当别人问他小说中的"我"是不是他时，他断然否认，说小说里的人物和故事情节都是虚构的。

被折断的翅膀

目　录

◆ **草原新娘**

世代灰烬与永恒之火 / 002

玛尔塔·芭妮娅 / 015

痴癫约翰 / 027

◆ **叛逆的灵魂**

沃尔黛·哈妮 /045

坟墓呐喊 /063

新婚的床 /075

叛教徒海里勒 /086

◆ **被折断的翅膀**

小序 /143

无言的悲伤 /145

命运之手 /148

在神殿门口 /152

盛燃的白炽火炬 /157

暴风骤雨 /160

烈火之湖 /172

死神宝座前 /187

阿施塔特与耶稣之间 /201

牺牲 /206

救星 /215

草原新娘

世代灰烬与永恒之火

一 引言

（公元前 116 年之秋）

夜静悄悄，太阳城❶的生灵都已进入梦乡。橄榄树和月桂树丛中那宏伟神庙四周的万家灯火均已熄灭。明月出来了，月光洒在那雪白的大理石柱上，那高大石柱像巨人一样站在那里，在寂静的夜下，守卫着神的祭坛，用迷惘、惊异的目光望着坐落在远处崎岖不平山坡上的座座黎巴嫩城堡。

在那充满神奇静谧的时刻，在那将睡梦中人灵魂与无边梦幻合二为一的时刻，祭司席拉姆的儿子纳桑来了。纳桑拿着一柄火把走进阿施塔特❷神庙，用颤抖的手点上油灯和香，没药和乳香气味立即升腾弥漫开来，为阿施塔特女神塑像罩上了一层美丽的面纱，就像围绕人心的希望布片。旋即，纳桑跪在镶嵌着象牙和黄金的祭坛前，高

---

❶ 太阳城，即巴勒贝克城，古人称之为"太阳城"（希里尤布里斯），为崇拜此神而建。史学家一致认为它曾是叙利亚最美的城市，至今仍存的废墟，多为罗马人进攻叙利亚后所建。——原注

❷ 阿施塔特，古腓尼基人的伟大女神，他们在苏尔、赛以达、朱拜勒和巴勒贝克等地崇拜之。人们说她是"生活火炬的点燃者和青年守护神"。希腊人从腓尼基人处学到崇拜该神，称之为爱与美主神阿芙洛狄忒，罗马人则称之为维纳斯。——原注

举双手，望着上方，两眼里噙着泪花，用被痛苦、忧烦压低和被强烈焦虑打断的声音，高声喊道：

"伟大的阿施塔特女神，求你怜悯！爱与美的主神啊，求你怜悯！求你把死神的手从我的爱人身上移开吧！我那心爱的人儿，是我的心灵按照你的意愿选择的……医生们的种种药水和粉剂已不中用，祭司们和占卜师们的咒语也已失灵，眼下我只有求助于你的神圣大名，求你答应我的祈求！请看哪，我的心已经碎裂，我的情感痛苦不堪，只有我的心灵的一部分还活在我的身边。让我们为你的爱的秘密而高兴吧！让我们为宣布你为之荣耀的秘密的青春之美而感到幸福吧！神圣的阿施塔特女神，我打内心深处向你发出高声呼唤。透过这夜的黑暗，我向你的慈悲、怜悯之情求救。请听我细说：我是席拉姆祭司的儿子纳桑；我的父亲毕生效力于你的祭坛之前。我爱上了一个姑娘，决意选她作为我的终身伴侣。不料我们竟被妖精新娘❶所嫉妒，她们往我心上人的肌体里吹入了怪病邪气，然后又派死神差使来，以便把她带进她们的妖洞。那死神差使现在就伏卧在我心上人的床边，像饿虎一样咆哮着，并将它那黑翅膀蒙盖在我爱人的身上，还伸出它那粗糙的爪子，要把她杀死在我的怀里。为此，我到你这里来，低声下气地求你可怜可怜我，留下她这朵尚未享受生命夏季之美的鲜花，留住她这只尚未唱完庆祝青春黎明到来的欢乐之歌的鸟儿吧！求你将她从死神的魔爪中拯救出来

---

❶ 蒙昧时代的阿拉伯人认为，女妖一旦恋上一男子，便阻止他结婚；即使让他结婚，也会对新娘施妖术或置之于死地。这种信仰至今仍盛行于黎巴嫩部分农村。——原注

吧！我们一定高兴地为你唱赞歌，为你的声名荣光献上香火，在你的祭坛上献上祭品，为你的圣库加满陈酿和香油，用玫瑰花和茉莉花瓣铺垫你的神庙柱廊，在你的塑像前焚上气味极美的沉香。创造奇迹的女神啊，救救我吧！让爱神压倒、战胜、征服死神，因为你就是掌管生死和爱情的伟大女神。"

纳桑沉默片刻，那片刻之中，他忧愁缠心，泪流满面，唉声叹气不止。之后，他又说：

"哎呀，神圣的阿施塔特女神啊，我的美梦已经破灭，我的肝胆俱裂，心也已死去，泪水也已哭干。求你用慈悲、怜悯之情让我复活吧！留住我的心上人吧！"

就在这时，他的一个奴仆走了进来，缓步走近他，对他耳语道：

"我的主人，她已睁开眼睛，朝床四周望了望，没看到你，然后再三呼唤你。所以我赶快来叫您去她那里。"

纳桑站起身来，快步走去，仆人后面紧跟。回到住宅，走进病人房间，来到她的床边，弯下腰去，双手捧起她那瘦骨嶙峋的手，吻了又吻，仿佛他想向她那病体吹入源于他的生命中的新的生命。她把她那深深陷入绸枕的脸转向他，稍稍睁开眼，但见她的双唇上浮现出微笑的幻象，那便是她那柔弱体内残留的生命，是源自她那行将告别人世的最后一线光明，也是那颗匆匆奔向停止跳动终点的心发出的呼唤的回音。之后，她开口说话了，她那断断续续的声音，活像一个贫家妇女的饥饿的孩子发出的呻吟声。她说：

"我心灵的新郎啊，神灵们已召唤过我，死神就要到来，将我与你分开。你不要悲伤，不要失望，因为神灵的意愿是神圣的，死神的要求是正常的。我现在就要走了。斟满爱情与青春美酒的杯子依然在我们手中举着,美好生命之路依旧在我们的面前伸展着。亲爱的,我这就要到灵魂聚会的天地中去了。我还要回到这个世界中来,因为伟大的阿施塔特女神会给那些尚未享受爱情甜美与青春快乐便走向永恒世界的情侣的灵魂里注入新的生命❶。纳桑,我们还会相见,共饮水仙杯中的晨露,与原野的鸟雀共享灿烂的阳光。亲爱的,再见吧!"

她的声音低沉了,只有她的唇还在颤抖,酷似黎明微风前凋谢的花朵。情郎紧紧地抱住她,泪水簌簌下落,湿润了她的脖颈。当他的双唇接近她的嘴唇时,只觉得她的嘴唇冰冷冰冷的。纳桑一声大喊,撕破自己的衣服,伏在她那僵死的尸体上,他那痛苦不堪的灵魂开始漫游在生命的汪洋大海与死亡的万丈深渊之间。

在那黑夜的宁静之中,睡梦里的人眼睑颤动不止,本区的妇女们恐慌不堪,孩子们的魂儿一片惊惧。其时,从阿施塔特神庙祭司宅中各个角落传出的哀号、痛哭、号啕声蓦地打破了黑夜的寂静,此起彼伏,一阵高过一阵。

天亮了,人们来看纳桑,以便对他遭受的不幸灾难给以安慰,但没有看到他。

几天过去了,东方来了一支驼队,领队人告诉人们,说他看见纳桑漫游在遥远的荒野上,正与羚羊群一道徘徊彷徨。

---

❶ 伊斯兰先知说:"你们原是死的,而他以生命赋予你们,然后使你们死亡,然后使你们复活,然后你们要被召归于他。"印度菩萨说:"我们昨天在这生命中,我们现在已来到了,我们将回去,直到变为像众神灵一样的完美者。"——原注

＊　＊　＊

转瞬数世代飞闪而过，用它那无形的脚将历代的建树功业踏得粉碎。众神灵远离了原地，取而代之的是以毁灭取乐、借破坏寻欢的暴怒女神。于是，太阳城的宏伟神庙被捣毁了，美丽的宫殿坍塌了，茂密的公园枯萎了，肥沃的田园变成了不毛之地，那里只剩下一片废墟，凄凉难堪；人们回忆起昔日的幻影，便感到痛苦难耐；古老光荣赞颂声的回音给人们心灵送去的只有悲凉凄清。

但是，已经过去的、毁灭人类功业的世代却不能泯灭人类梦想，也不能削弱人类的情感。

梦想和情感将与不朽灵魂一道永存。梦想和情感像太阳一样夜来消隐，又像月亮一样晨至暂眠。

二　拿撒勒人到来后的1890年之春

白昼隐去，光明消逝，夕阳从巴勒贝克平原上收起那金黄色的余晖。阿里·侯赛尼❶领着他的羊群回到神庙废墟。在那里，他坐在倒在地上的石柱之间。那巨大的石柱像是捐躯沙场的士兵的肋骨，而且已被各种因素剥得光光的。他的羊群静静地卧在他的周围，仿

---

❶　侯赛尼人是一阿拉伯部族，至今仍住在巴勒贝克平原上的帐篷里。——原注

佛因为听到主人那充满青春活力的歌声，感到格外地安全。

夜半时分，天在夜的深处撒下了明日的种子。阿里因为观察醒时的幻影，眼皮已感沉重；又因久久思考在可怕的寂静之中从断壁残垣之间走过的那些幻影队伍，头脑也已感到疲惫，于是用前臂撑托着脑袋。困神已经接近他，用它那面纱边沿轻轻地触摸他的感官，就像薄雾轻触平静湖面似的。此时此刻，阿里完全忘记了他那火一样盛燃的自我，与他那充满美梦和对人类法律及教诲不屑一顾的无形精神自我相会在一起了。视野在他的眼前渐渐扩大，隐秘在他的面前摊展开来。他的心灵离开向着虚无迅速前进的时间行列，独自站在排列有序的思想和争先恐后的念头面前。在他的生平中，第一次或者几乎是第一次明白了伴随他青春的精神饥饿的原因：正是那种饥饿，将深厚的甘甜与苦涩统一在了一起；正是那种干渴，将希冀的叹息与求得满足的静默结合在了一起；正是那种向往，世界的荣耀不能将之消除，岁月的洪流不能使之改道。在自己的生平中，阿里·侯赛尼第一次觉察到自己有一种异常情感：那是神庙废墟唤醒的一种情感；那是类似于回忆焚香滋味的一种细腻情感；那是一种神奇的情感，给予他的感觉像是乐师的手指轻弹琴弦似的；那是一种崭新的情感，源于虚无，或来自一切，渐渐发育长大，直至拥抱他的精神的全部，使他的心灵充满了病入膏肓者对温情的迷恋、寻找甘甜者对苦涩的体验和求善待者对于严酷的感悟；那种情感产生自充满睡意的一分钟时间内，那一分钟生出了世世代代的画面，就像世上诸民族产生自一滴精液。

阿里向着坍塌的神庙望去，此时困倦已被灵魂的苏醒所代替，只见祭坛的破烂遗迹显现出来，倒下的石柱原来挺立的地方以及坍塌墙壁的地基，全部清晰地显露出来。他的双眼目光呆滞，心怦怦跳得厉害，就像盲人突然看见光明，他观察着、沉思着——他不住地思考、沉思——从思考的浪涛里和沉思的范围中，记忆的幻影在他的心灵中生成。他回想，回想那些巨大石柱当年矗立在那里的辉煌、壮丽画面。他回想，回想那些华灯和银质香炉当年围着庄严的女神雕像的非凡盛景。他回想，回想庄重严肃的祭司们在镶嵌着象牙和黄金的祭坛前面恭献祭品的隆重场面。他回想，回想少女们击打着铃鼓，小伙子们唱着歌颂爱与美女神的赞歌。他回想，似乎看见这些画面清楚地显现在他那闪电般的视力之中，同时感受到了那些奥秘的影响完全打破了他内心深处的平静。然而回忆带给我们的只是在已逝年华中所看到的实体的幻影，耳听到的也只是我们的耳朵曾经领悟过的声音的回音罢了。这些神奇的回忆与一个过去生在帐篷里、在原野放羊中度过青春妙龄的青年生活之间，又有什么关系呢？

阿里站起来，行走在乱石堆之间。他那遥远的回忆从他的想象力上揭去遗忘的纱罩，就像少女取下镜子面上的蜘蛛网。当他行至神庙正殿时，仿佛地心有一种吸引力牢牢抓住他的双脚，他站住了。他抬头一看，忽然发现自己站在一尊神像面前，那神像已破烂不堪，躺在地上，于是下意识地跪在神像旁边。他的情感在五脏六腑内奔涌翻腾，犹如鲜血从重创伤口涌流出来。他的心跳时快时慢，宛如大海上下翻滚的波浪。他压低目光，以示敬意、痛苦地长吁短叹，继之难过地哭了起来。因为他感到伤心的孤独，并感到有一种导致毁灭的遥远距离将他的灵魂与另一个美丽灵魂隔离开来,而在他过上这种生活之前,她就在他的身边。

阿里感到他的心灵只是盛燃的火炬的一部分,正是在时光快要过去的时候,上帝将他与那火炬分开。

他感觉到温柔的翅膀正在他那燃烧着的肋骨之间以及头上开解的布带周围轻轻扇动,沙沙作响。

他感觉到一种强烈的伟大的爱将他的心包起,并且控制了他的呼吸。正是那种爱将一个心灵的秘密吐露给另一个心灵,并用其强烈作用将头脑与度量衡世界分开。正是那种爱,当生命的口舌缄默之时,我们能听到它在说话;当黑暗将一切笼罩之时,我们能看到它像光柱一样挺立在那里。正是那种爱,那位爱神,在那静寂的时刻,降到阿里·侯赛尼的心灵里,唤醒了他那心灵中的甜蜜与苦涩情感,就像太阳催开荆棘旁边的花朵。

但是,这种爱是什么呢?这种爱从何而来呢?这种爱想从一个与自己的羊群一起伏卧在神庙废墟之间的青年身上得到什么呢?这流淌在一颗从未被姑娘们的眼神触及过的心肝里的是什么样的烈性酒呢?这像波浪一样起伏在一个贝都因人❶耳际的,却从未被妇女们唱过的又是什么天降之歌呢?

这是一种什么爱呢?这种爱又来自何方呢?这种爱对一个只顾放自己的羊、吹自己的牧笛,而不管外部世界的青年阿里有何要求呢?这种爱究竟是一位贝都因姑娘的美貌,在不晓得阿里内心活动

---

❶ 贝都因人,指阿拉伯逐水草而生活的游牧人。

的情况下，抛入他心田里的一颗果核，还是本来被雾霭遮着一丝光明，现在显露出来，以便照亮青年阿里的内心世界呢？这种爱究竟是一种梦幻，想趁夜深人静之时戏弄青年的情感，还是自古就有，而且永久存在的真理呢？

阿里合上被泪水蒙盖的眼睑，像讨饭者求人同情似的伸出双手。他的灵魂在体内颤抖，从那连续不断的颤抖之中，生发出由诉说的委屈和思念的热情组成的时断时续的叹息。他用一种分不清是叹息，还是微弱低语的声音喊道：

"你是谁呀？你近于我的心，又远远离开我的眼，将我与我的自我分开来，把我的现在与被遗忘的遥远时光紧紧联结起来。莫非你是来自永恒世界的仙女幻影，以便向我阐明生活的虚妄和人类的懦弱，还是从地缝里钻出来的精灵女王的灵魂，以便为了偷去我的头脑，使我在自己的部族青年之间遭受戏弄？你是谁呢？这紧抓我的心的使人死去活来的诱人之物究竟是什么呢？使我周身充满火的又是一种什么情感呢？我是何许人？被我称为'我'的新自我在我看来十分陌生，那又是何人？难道因为我饮下了掺着以太分子的生命之水，变成了一位能看见并听到隐秘的天使，或者醉于邪恶烈酒，因而看不到可以理会的事物的真相？"

他沉默片刻，情绪高涨，精神抖擞，接着说：

"心灵可以显示并且接近的，夜晚可以遮挡并远离的人啊！翱翔在我的梦境天空的美丽灵魂啊！是你唤醒了我内心的情感，那情感本来像隐藏在冰层下的花种，带着田野气息的微风轻轻掠过，触摸到我的感官，于是像树叶一样抖动、飘荡起来！假若你穿着物质做成的衣衫，那就让我看看你吧！假若你是从土中得到释放的，那就命令困神合上我的眼帘，让我在梦境里看到你。让我触摸你一下，让我听听你的声音吧！请你撕开遮盖我的通性的面纱，毁掉掩盖我的神性的建筑，赐予我翅膀，让我跟着你飞向天堂。假若你是天堂的一位居民，或者用魔法抚摩一下我的眼睛，我便跟随你前往魔怪隐身之地。假若你是魔怪的一位新娘，请把你那无形的手搭在我的心上，将我紧紧抓住，倘若我能自由地跟着你走去。"

阿里对沉沉的黑夜耳语了那样一些话，那些话是发自荡漾在他内心深处歌声的回音。他发现他的周围有黑夜的幻影在悄悄移动，像是从他那热乎乎的泪管里冒出来的蒸气。他看到神庙断壁上出现了神奇的画面，色调鲜艳，如同彩虹。

就这样，一个时辰过去了。阿里为自己簌簌下落的泪水感到高兴，为自己的惆怅感到快乐。他听到了自己的心脏搏动声。他看到了万物以外的东西，仿佛看到这生活的画面慢慢地消失着，取而代之的是一个梦。美妙奇异，悬念层出，就像一位先知，凝目望着天上的星星，盼望着启示降下，等待着结果，急促的叹息声终止了平静的呼吸，灵魂离开了他的肉体，遨游在他的周围，然后又回到他的肉体里，仿佛那灵魂在那废墟之间寻觅珍贵无比的失物。

* * *

东方透出黎明的曙光，寂静因晨曦微风的吹拂而战栗。紫罗兰色的光从以太的微粒之间洒露出来。太空绽现出微微笑意，宛如号丧者在梦中看见心上人幻影时露出笑貌。鸟雀从废墟的断壁残垣缝隙间飞了出来，辗转翻飞在石柱之间，欢乐地唱着，预报着白昼的来临。阿里站起身来，手捂着灼热的前额，用呆滞的目光望着周围，就像上帝向亚当[1]的眼里吹了一口气，亚当立即用惊异的目光望着周围一切可以看见的东西。他走近羊群，一声呼唤，群羊都站了起来，抖了抖身子，随后跟着他向绿色草原走去。阿里带着羊群走，而他的两只大眼睛在凝视着晴朗的天空。他那已经离开了一切可感触东西的情感，正在向他展示存在的奥秘和存在以外的东西，还让他看看已经逝去的世代。不过，那已经逝去的世代仅仅留下一瞥，仅仅那一瞥使他忘记了所有的一切，还给他的只有思念与追忆。他发现自己就像眼睛看不到光明那样，自己被遮挡在灵魂的灵魂之后。他叹息着，伴随着每一声叹息，一支火炬从他那燃烧着的心脏闪过。

阿里来到小溪边，但听那溪水的淙淙流淌声传播着原野大地的意志。他坐在溪边的一棵垂柳树下，只见那细长的柳枝条垂向水面，仿佛想吮吸那甜滋滋的溪水。群羊低下头去吃草，早晨的露珠闪着白晶晶的光。片刻未过，阿里已感到自己的心跳加快，灵魂的震颤提速。他像睡梦中的人忽然被太阳光惊醒，立即坐了起来。环顾四周，他看见一位姑娘出现在树林间，肩上扛着一只水罐，缓步向溪边走来，她那赤裸的双脚已被露水打湿。

---

[1] 亚当是耶和华上帝按照自己的形象创造的第一个男人，是人类的始祖，被上帝安置在伊甸园里看管园子。上帝见他独居可怜，就为他创造一个女人，名叫夏娃。于是亚当和夏娃合为一体，成为夫妻。因受蛇（魔鬼）的引诱，夫妻二人偷吃了禁果，被上帝赶出了伊甸园，以耕种为生。亚当享年九百三十岁。

姑娘来到溪水边，正当弯下腰去用水罐灌水时，向溪的对面望了一望，目光与阿里的目光相遇了，不禁一声惊叫，丢下了水罐，继之后退了几步。姑娘望见阿里，就像迷路人忽然看见了自己的熟人一样……一分钟过去了，那数秒钟就像明灯一样，为他俩的心照亮了通往彼此之心的道路，将寂静化为奇妙的乐曲，把无名记忆的回音送回他俩的心灵。一个向另一个表明，在另外一个地方，自己曾被远离那条小溪和那片树木的影像包围着。二人各自用哀怜的目光望着对方，相互颇感亲切地打量着对方的面容，全神贯注地倾听着对方的叹息声，竭力用心灵中的语言呼唤着对方，终于在一种无形力量的吸引下，隔着一道溪水，两颗灵魂之间的相互了解和完全相识终于实现了。阿里走近姑娘，拥抱她，亲吻她的双唇、脖颈和眼睛。姑娘在阿里的怀抱中一动不动，仿佛拥抱的滋味已经夺去了姑娘的意志，相互触摸的温柔已经使姑娘周身无力，姑娘就像茉莉花的芳香完全交付给了微风之波一样被彻底驯服了，随之像疲惫不堪的人想休息一下那样，将自己的头依偎在了阿里的胸膛上。姑娘深深地叹了口气，表明她那颗惆怅、愁闷的心已彻底舒展开来，宣告她那沉睡着的心灵已经苏醒、振奋起来。旋即，姑娘抬起头，朝阿里的双眼望了一眼：那目光是蔑视人类之间共通话语者的目光——在寂静无声的灵魂之语的旁边，人类之间的共通话语，就显得格外渺小无力；那目光是鄙视语词的目光——他不愿意让爱情成为语词肉体的灵魂。

情侣漫步在垂柳树之间。情侣双方的和谐一致是口舌，道出了二人已合为一体；又是留心细听的耳朵，听到了爱神的启示；还是远瞻的眼睛，看到了幸福的光华。群羊跟在二人身后，吃着草头花瓣；

百鸟从四面八方飞来，唱着美妙的歌，迎见这对情侣！

二人来到山谷端口时，太阳已经升起，给丘山披上了一件金色的斗篷。二人在一块巨大岩石旁坐了下来，那块巨石阴影下生长着紫罗兰。微风吹拂着姑娘的长发，那微风就像无形的嘴唇很想亲吻姑娘。姑娘感觉到神奇的手指在强行戏动她的舌和双唇，她望着阿里的瞳仁，用饱含甜润滋味的声音说：

"亲爱的，阿施塔特女神已把我们俩的灵魂送回这现实生活中，以免剥夺我们享受爱情甜美的权利和青春的荣耀！"

阿里合上双眼。姑娘的话像音乐，带来了阿里常在睡梦中看到的梦境画面。阿里感到无形的翅膀已带着他飞离那个地方，将他带到一个形状奇异的房间，站在一张床前，床上躺着一位美女的尸体，死神已经取去她的亮丽和双唇上的温度。见此可怕场面，阿里一声惊叫，然后睁开了眼睛，发现那位姑娘坐在自己的身旁，双唇上挂着爱的微笑，眼神里闪烁着生命的光芒，顿时容光焕发，精神抖擞，眼里的幻影消失，忘记了过去，也忘记了未来……

情侣相互拥抱，欢饮亲吻的美酒，直至双双酣醉，彼此伸臂相互抱着进入了梦乡，直到日影倾斜，二人被暖洋洋的太阳光唤醒。

玛尔塔·芭妮娅[1]

一

玛尔塔的父亲去世时,她还在摇篮里。她的母亲辞世时,她还未满十岁。她作为一个孤女,被收留在一位穷邻居家里。那位穷邻居与妻子女儿们靠地里收来的粮食和果子生活,孤零零的山地位于美丽的黎巴嫩山谷中。

玛尔塔的父亲去世时,留给她的只有姓氏和一间坐落在核桃树和白杨树之间的简陋茅舍。她的母亲辞世时,留给她的只有悲伤的眼泪和做孤儿的委屈。就这样,玛尔塔在自己的故土变成了一个陌生的异乡人,一个生活在那些高大岩石和茂密的树木之间的孤独人。每天早晨,她总是赤着双脚,穿着破衣烂衫,牵着一头奶牛,到山谷的一端那水草肥美的地方去放牧。她每到那里,总是坐在树荫下,与鸟儿们一起歌唱,与溪水一道哭泣。她嫉妒那牛有肥美的草可食,留心观察着花儿成长开放和蝴蝶款款飞舞。夕阳西下,肚子饿了的时候,便回到茅舍里,和养父的女儿一起坐下,吃点儿玉米饼子,就着少许干果和用醋与酒浸泡的酸菜,然后铺上干草,头枕双腕,长吁短叹地睡下。她多么希望整个生命就是深深的一觉,既不被幻梦所

---

[1] 玛尔塔的姓源于"巴尼",黎巴嫩北方一个美丽的村庄的名字。——原注

打断，跟着它的也不是苏醒！黎明到来时，养父便吆喝她起来干活儿，于是她战战兢兢地急忙爬去，恐怕养父发脾气大声申斥。

一晃几年过去了。可怜的玛尔塔一直在丘山与远谷之间放牧。她像树木一样成长，心中不知不觉地诞生了情感，就像花蕊的芳香一样生成。就像群羊轮流到水渠饮水一样，各种梦想和思绪相继涌入她的内心。她长成了一个有思想的姑娘，那思想就像一块良好的处女地，知识未曾在那里播种，经验之足也未曾踏过它。她长成了一个具有纯洁、宽广心灵的姑娘，那心灵被命运丢弃在那个田园，在那里，生命随着一年四季变更，就像无名之神的影子，端坐在大地与太阳之间。

我们把生命的大部分岁月都消遣在人口拥挤的城市，对黎巴嫩的农村、田园里的居民生活几乎一无所知。我们随着城市的新潮行进，致使我们忘记了，或者佯装忘掉了那充满纯洁的朴素美好生活哲学；假若我们仔细观察一下那种生活，我们就会发现它春季微笑，夏季负重，秋季收获，冬季休闲；它所扮演的每个角色，颇似我们的大自然母亲。我们比农村人钱多，而他们的心灵比我们高尚。我们播下了许多种子，却什么也没有收获到，而他们则种上什么收什么；我们是我们贪欲的奴隶，而他们则是知足常乐者；我们喝的生活酒里掺杂着失望、恐惧和厌烦的苦涩，而他们喝的却是醇香的玉液琼浆。

玛尔塔十六岁时，她的心灵变得像一面光亮的明镜，可以反映田野的一切美景；她的心酷似空旷的山谷，能够反射所有声音的回音……在充满大自然叹息的秋季的一天，玛尔塔坐在一眼泉边，那泉水就像思潮从诗人的想象力里释放出来一样，从大地的深处喷涌而出。她坐在那里留意观看着在秋风中瑟瑟颤抖的黄叶，那秋风戏动黄叶，颇似死神戏动人的灵魂。她又朝着花儿望去，但见鲜花已经凋谢，花蕊已经干枯开裂，要把自己的种子储藏在土里了，宛如混乱、战争年代妇女们对待自己的宝石、首饰那样。

玛尔塔望着花和树木，她与它们一样感到告别夏天的悲伤。这时，她听见山谷里的碎石子路上响起了马蹄声。她回头望去，只见一位骑士正缓缓朝她走来。骑士走近泉边，看其相貌和衣饰，足见生活优裕、教养不凡。骑士离鞍下马，谦恭、温和地向她问安。一个男子那样向她问好，是她不习惯的。之后，骑士问她：

"姑娘，我想到海边去，不料迷了路。你能告诉我去海边怎么走吗？"

玛尔塔站起来，像泉边的一根树枝。她回答道：

"我不知道，先生！不过，我可以去问问我的养父，他认识去海边的路。"

她说话时，惶恐表情显而易见；因为害羞，所以她显得格外漂亮、温柔。她正要走时，骑士叫住了她；骑士的血管里青春烈酒沸腾，神色也起了变化。他说：

"不，你不要去！"

玛尔塔惊异地站在原地，只觉得骑士的话音里有一种力量拉住了她，使她再也动不得。她用羞涩的目光望了骑士一眼，发现他正全神贯注地望着自己，而她完全不理解用意何在；她还发现骑士带着神奇的温和表情冲着她微笑，那温和表情甜美得几乎使她哭起来。骑士的目光里充满着友善和慈爱，望着姑娘那赤裸着的双脚、两个美丽的手腕、光溜溜的脖颈、浓密而光滑的黑发，眷恋地深思着太阳怎样烤着姑娘的皮肤，大自然又如何使她的腕子变得强壮有力。玛尔塔则羞涩地低着头，不想离去，也说不出话，原因何在，她自己也不知道。

那天晚上，奶牛独自返回牛栏里，玛尔塔则没有回家。养父从地里回来时，到山沟里去找她，却没有找到。他呼唤着她的名字，回答他的却只有从山洞传来的回声和林间风的叹息声。他闷闷不乐地回到茅舍，把情况告诉了妻子，妻子整整哭了一夜，暗自心想："我一次梦见她在猛兽的爪中，猛兽正在撕扯她的肉体，而她却边微笑边哭泣！"

关于玛尔塔在那个美丽田园里的生活，我就了解这些，而且是村上的一位老翁告诉我的。那位老翁自打玛尔塔还是个小孩子时就认识她。玛尔塔长成了大姑娘，却踪影不见，所留下的只有那位养父及其妻子眼中流出的几滴泪，而更详细的记忆则随着山谷里的晨风流淌去了，然后像儿童哈在玻璃窗上的一口气迅速消失得一干二净。

二

1900年的秋天到了。我在黎巴嫩北部度过暑假之后，回到了贝鲁特。开学之前，我和同学们在城里整整游逛了一周时间，充分享受了一下自由的欢快；那自由是青年人贪恋向往的，而在亲人家中和学校垣墙内是享受不到的。我们就像鸟儿，眼见笼门开着，心便尽享自由展翅飞翔和放声鸣唱的乐趣和欢快。青春是一个美丽的梦，书籍中的莫名其妙的东西夺去了梦的甜美，使之变成了残酷的苏醒。能否有那么一天，哲人将青春的美梦与知识的乐趣结合在一起，就像责备能把相互厌恶的心融合起来呢？能否有那么一天，大自然成为人类的导师，人道主义成为人类的教科书，生活成为人类的学校呢？那样的一天会到来吗？我们不知道。但是，我们能感觉到我们正快步向精神升华前进，那种升华便是通过我们的心灵情感晓知万物存在之美，通过我们对那种美的钟爱赢得幸福生活来临。

一天傍晚，我坐在家中的阳台上，留意观察城市广场上的持续不断的争斗，耳闻街头小贩们的嘈杂声，都在叫卖自己的好货和美食。这时，一个五岁的孩子走近我，身上的衣衫破烂不堪，肩上挎着盛放花束的篮子，用充满天生屈辱和伤心痛苦的低微声音说：

"先生，您买花吗？"

我望着孩子那枯黄的小脸，仔细打量着他那双被不幸和贫苦阴影染黑了眼眶的眼睛。我发现他的嘴微张着，就像疼痛的胸膛上的一道深深的伤口。他裸露着两个干瘦如柴的胳膊，瘦弱矮小的身材弯向花篮，活像绿草中间的一枝凋零的黄玫瑰。我一眼看到这些，只能用微笑表示同情。那微笑比泪水更苦涩；那微笑源自我们的内心深处，显露在我们的唇上；假若我们不管它，那微笑会上升，然后从我们的眼角溢出。我买了几枝花，目的在于买孩子的几句话。因为我觉得他那痛苦眼神的后面定有一颗小小的心，包容着岁月舞台上经常上演的贫苦人悲剧的一幕戏；因为那悲剧太令人感到痛苦，所以很少有人留心观看它。我和他说了几句温情的话，孩子感到放心、亲切，于是用惊异的目光望着我。因为他像他的穷伙伴一样，只习惯于听那样一些人的粗鲁话语;那样一些人常常把胡同里的孩子看成一文不值的污物,根本不把他们看成饱经世代箭伤的幼小心灵。

当时,我问孩子:"你叫什么名字?"

孩子垂目望着地面,回答道:"我叫福阿德!"

我问:"你是谁的孩子?家人在哪里?"

孩子说:"我是玛尔塔·芭妮娅的儿子。"

"你父亲在哪里?"

孩子摇了摇小脑袋,像是不明白"父亲"一词的意思。我又问:"福阿德,你的妈妈在哪儿?"

孩子说:"病在家里。"

仅仅从这个孩子口里听到寥寥数语,我的情感将之吸收,一幅幅令人痛苦的奇异画面与影像便生成了。瞬息之间,我便得知了可怜的玛尔塔的现实情况;我曾从那位乡下人那里听说过她的故事,如今她病在了贝鲁特城。昔日在山谷树林间安心度日的少女,今天却正在城市遭受着贫困与痛苦的折磨;曾在大自然怀抱中欢度青春、在美丽的田野上放牛的孤女,被腐朽城市洪水卷去,变成了不幸与贫困魔爪中的猎物。

我沉思、想象着这一切,那孩子目不转睛地望着我,仿佛用他那纯洁心灵的眼睛看到了我的伤心之处。他想离去时,我拉住他的手,说:

"带我去你妈妈那里,因为我想看看她!"

孩子走在我的前面,默不作声,自感惊奇。他不时地回头,看看我是否真的跟着他走。

在那些肮脏的胡同里,空气里散发着死亡的气息。在那破烂房舍之间,坏蛋们在夜幕掩遮下干着罪恶的勾当。在那时而右拐、时而左拐的黑蛇般的弯曲的胡同里,我胆战心惊地跟着孩子走去。那孩子毕竟年纪尚小,心地纯洁,他所具有的勇气是熟知城里罪恶活动的大人们所没有的。正是这座城市,东方人将之誉为"叙利亚新娘"❶,也被称为历代君主王冠上的"明珠"。行至街区边缘地带,孩子走进一座简陋的房子,因为年久失修,看上去近乎坍塌。我跟着孩子走了进去,每走一步,心跳便加速一些。走到屋子当中,只觉那里空气潮乎乎的。屋里没有一件家具,只有一盏微弱的油灯正用它那黄色的光箭与黑暗搏斗。那里还有一张简陋的床,足以证明主人一贫如洗,穷困潦倒。床上躺着一个女人,面朝着墙,仿佛有意躲避人间的黑暗与不公,或者好像发现墙壁里倒有一颗比人类之心更温柔、怜悯的心。

孩子走近那女人,叫道:"妈妈!……"

女人转过脸来,见孩子指了指我,便立即在那破烂的被子里动了动,用饱含心灵痛苦和苦涩叹息的声音说:

"你这个人想要什么?你想买我的最后一点活力,用来满足你的欲望?你走开吧!巷子里有的是女人,她们会把自己的肉体和灵魂以最便宜的价钱卖给你。我没有什么可卖的了,只有残留的断断续续的一口气,死神很快就要用坟墓的休闲来换取它了!"

我走近她的床。她的这几句话使我心痛不已,因为那正是她不

---

❶ 此处的叙利亚指史书上的大叙利亚,包括叙利亚、黎巴嫩、约旦和巴勒斯坦等地。

幸故事的概述。我的情感随话语流出，满怀希望地说：

"玛尔塔，你别怕！我到你这里来，并非作为饥饿的野兽，而是一个深感痛心的人。我是一个黎巴嫩人，曾在杉树林附近的山谷中和乡村里生活过一段时间。玛尔塔，你不要害怕我！"

她听我这么一说，感到这些话发自一颗与她一道深感痛苦的心灵的深处，于是她在自己的床上颤抖起来，酷似冬季寒风前的光秃秃的树枝。她双手捂住脸，仿佛在竭力阻止自己回忆那甜蜜而可怕、美丽而苦涩的往日。一阵掺杂着叹息的寂静过后，她的脸出现在战栗着的两个手掌之间，我看见她那两只凹陷的眼睛正注视着竖在屋内空间里的一种不可见的什么东西，两片干枯的嘴唇失望地颤动着，喉中发出临终者那种"咯咯"的声音，并且伴随着时断时续的深深的呻吟声。乞求同情、怜悯之情发出的声音，随即又被虚弱、痛苦收回。她用这样的声音说：

"你既然是为了行善和表示同情而来，那就让苍天代替我报偿你，如果对失足者表示善心，对下贱人表示同情是件好事的话！不过，我还是要求你从哪里来返回哪里去。因为你站在这个地方会使你蒙受耻辱和责备，同情我会使你丢掉脸面和受到侮辱。趁还没有人看见你在这充满猪的肮脏的无耻龌龊房间里落脚，快回去吧！用你的衣服遮住你的脸，赶快走吧，免得过路人认出你来。充满你心的怜悯之情无法还回我的贞洁，也抹不掉我的污点，更移不开已深入我内心的死神那强有力的手。我是被我的不幸和罪过抛入这黑暗深渊的，请你不要出于同情心而使你接近我的污点。我像居于坟墓里的麻风病患者，你千万不要接近我；如若不然，大学会把你当作品德败坏的学生，将你开除出大学校门。你现在就回去吧！请不要在那神圣的山谷里提及我的名字！要知道，牧羊人担心自己的羊群受害，会拒绝收留患了疥癣的母绵羊。如果提到我，你就说玛尔塔·芭妮娅已经死了，别的什么也不要讲。"

之后，她拉住儿子那双小手，温情地吻了吻，叹着气说：

"人们将用讥讽、蔑视的目光望着我的孩子，说：'这是罪恶之果！这是妓女玛尔塔的儿子！这是耻辱之子！这是意外之子。'他们还有更多说法，因为他们是视而不见的瞎子，听而不闻的愚人，他们不知道孩子的母亲曾以自己的痛苦和泪水净洁过孩子的童年，曾用自己的不幸和灾难换取过孩子的生活之资。我就要死去，留下一个孤儿，在巷子里的孩子们中间，独自苦难地生活着。我留给他的只有使他害羞的可怕记忆，如果他是个无名的胆小鬼；也许那可怕的记忆使他热血沸腾，如果他是个正直的勇士。苍天若能保佑他长大成为一个坚强的人，定能帮助他收拾那个对他和他的母亲犯下罪的孽种。假若他不幸夭折，挣脱了岁月的罗网，会发现我正在那光明、休闲之地期盼着他的到来！"

我的心默示我说：

"玛尔塔，即使你居于坟墓中，你也不像患麻风病的人；哪怕生活将你置入污秽者当中，你也不是肮脏的女性。肉体上的污垢玷污不了纯洁的灵魂，厚厚的积雪不能泯灭活的种子。这种生活不过是痛苦的打谷场。不过，最不幸的还是被丢弃在打谷场之外的谷穗，因为蚂蚁要来搬运，天上的鸟儿要来啄食，无缘进入田地主人的粮仓。玛尔塔，你是受了虐待的人，虐待你的便是豪宅阔少，钱财很多，心灵却十分渺小。你受了迫害，被人看不起。对于一个人来说，宁可成为受压迫者，也不做压迫者；宁可因天性懦弱而牺牲，也不做用拳头砸碎生命鲜花的强者，更不做以自己的偏好歪曲美好情感的人。玛尔塔，心灵是从神性锁链上脱落下来的一只金环，烈火熔化了这只金环，改变了它的外貌，抹去了它的圆形之美。但是，烈火不能把黄金变成别的物质，反而使之更加光亮，而该死的枯木、干草，只要火一来，便被火吞噬，变成灰烬，随风而被遍撒在沙漠之上……

"玛尔塔，你是被隐藏在人类殿堂里的野兽之蹄踏碎的一朵鲜花。那鞋子将你残酷地践踏，但它不能把你的芳香淹没。你的芳香将与寡妇的号丧、孤儿的叫喊、贫苦人的叹息声一起升腾至高天，那才是公正、怜悯的源泉。玛尔塔，你是被践踏的一朵鲜花，而不是踏花的脚，这足以使你感到欣慰！"

我说话时，玛尔塔一直留神聆听。这一番安慰照亮了她那枯黄的面容，就像夕阳那柔和的光照亮了云霞。之后，她示意我坐在床边。我坐下后，试图向她那有话要说的面容上问她那痛苦内心中隐藏的秘密。这是一张知道自己将要归天的面容，这是一张正值青春妙龄女子的面容，而她已感觉到死神的脚步声正响在她那破烂的床四周。这是一张被抛弃的女人的面容：昔日，她曾在充满生机和力量的黎巴嫩山谷里欢快地生活着；如今她虚弱不堪，正等待着从生活的桎梏中解脱出来。

一阵令人伤感寂静过后，玛尔塔集中全部剩余的力量，泪水和着话语流淌，心灵随着呼吸上扬，说道：

"是啊,我受尽了虐待,我是隐藏在人群中的野兽的牺牲品。我是被脚踩碎的一朵鲜花。我正坐在那眼泉边时,一个骑马人走来……他同我说话时是那样温柔和气。他说我很美,说他爱上了我,决不抛弃我,还说荒原上野兽成群,山谷是飞鸟和胡狼居住的地方……之后,他走近我,把我搂在怀里,亲吻我;在那之前,我从未尝过亲吻的滋味,因为我是个孤女。后来,他将我扶上马背,坐在他的身后,将我带到一座独立的豪华住宅。接着,他取来丝绸衣、香水、美食和琼浆……他做这一切,面带微微笑容,掩盖着他的内心意向;借温柔的话语和友善的手势,遮掩着他的身中兽欲……他借我的肉体满足他的欲望,使我心灵蒙受屈辱之后,便离开了我,在我的腹中留下了一柄盛燃的活火炬,从我的肝中汲取营养,很快生长,然后从痛苦的烟雾和哭号的苦涩中来到了这个黑暗天地……"

她稍稍吸了一口气,接着说:"就这样,我的生命分成了两段:一段是虚弱痛苦的;另一段是微小的,在夜的寂静中高声呐喊,要求返回广阔天空。在那座孤零零的房子里,那个负心汉抛下了我和我的婴儿,我们开始备受饥饿、寒冷和寂独的折磨。我们求助无人,只有哭泣落泪;我们欲诉无门,只有恐惧忧虑……

"那个负心汉的伙伴们得知我的处境艰难,晓得我一贫如洗,软弱可欺,于是一个接一个地来找我,都想用金钱买我的贞操,用面饼换我的肉体的尊严……天哪,我多少次都想抓住我的灵魂,将之献给永恒世界,很快我又放开了我的灵魂,因为它不仅仅属于我一个人,而是我与我的孩子共有的;苍天把他从天上赶到这个世界上来,就像使我远离美好生活,将我抛入了这无底深渊……现在,时辰已近,我的死神新郎别离之后已经到来，以便将我带到它那柔软舒适的床上！"

一阵深沉的、类似被散魂触摸的寂静过后，玛尔塔抬起被死神阴影遮开的眼睛，平静地说："看不见的公正啊，隐藏在这些可怕景象之后的公正啊，你呀，你听得见我这即将告别人间的灵魂的号丧，你也听得见我这颗被人轻视之心的呼声。我只有向你求助，我只能向你央告。我求你用你的左手接纳我的灵魂！"

她已精疲力竭，叹息声也已微弱。她痛苦、怜惜地看了儿子一眼，然后缓缓地移开目光，用几乎听不到的细微声音说：

"我们的在天之父……但期你的芳名永远神圣……但愿你的王权普及凡界……让你的意愿像在天上那样，在地上也化为现实，宽恕我们的罪过吧！"

她的话音中断了，只剩下嘴唇嚅动了片刻，随着全身活动的平息也停止下来。之后，她抽搐了一下，长出了一口气，眼色变白，灵魂离去。她的双眼仍然在凝视着不可见之物。

* * *

黎明时分，玛尔塔·芭妮娅的尸体被安放在一口木棺里，由两个穷人抬着，埋葬在远离贝鲁特城的一块荒地里。神父们拒绝为她的遗体祈祷，也不同意将她的遗骨安葬在十字架守护的墓地。到远离城市的土坑为她送葬的，只有她的儿子和另外一个青年；现实生活中的灾难已经使青年学会同情。

痴癫约翰

一

夏日里，约翰每天都要下地，总是牵着牛，扛着犁杖。牵着牛，小牛犊紧紧跟着母牛。他边走边聆听着鸸鸟❶的鸣唱和树叶的沙沙响声。中午时分，他走到流淌在绿色草原低洼地上的一条小溪边，在那里吃干粮，而掉在青草上的面饼碎屑，则是留给鸟儿们啄食的。夜幕垂降，当夕阳从天空中收回自己的余晖时，他便返回坐落在黎巴嫩北部的能够俯视到乡村和农田的简陋茅屋。他静静地与年迈父母坐在一起，留心聆听父母那充满世代故事的谈话，他感到困意逼近，也觉得心旷神怡。

冬天，约翰总是靠近炉火取暖，边听着寒风怒吼和各种哀号的声音，边深思着四季如何更替，同时透过墙上的小孔眺望白雪覆盖的山谷。他发现那光秃秃的树木就像一伙穷苦人，被赶到野外，在严寒与烈风之中瑟瑟战栗。

在漫长的黑夜里，约翰总是熬夜，直到父亲睡下之后，他才打开木柜子，取出《新约》❷书，在微弱的灯光下，偷偷地读起来，间或

---

❶ 鸸鸟，一种鸣禽，羽毛呈黑色，喙稍长呈黄色，啼声似歌，悦耳动听。
❷ 《新约》，即《新约全书》，基督教继承了犹太教关于经书为上帝与人所订立的契约的说法，认为他们创制这部经书，是基督降世后上帝与人订立的新契约，故称《新约》。

小心翼翼地朝正在熟睡的父亲望上一眼。

他父亲不许他读那部书，因为牧师们禁止普通人深入了解耶稣基督教诲的内涵；如果他们试图了解，他们将被剥夺享受"教堂恩赐"的权利。就这样，约翰在充满美景与奇观的田野和在充满光明与圣灵的耶稣书中度过自己的青春。他常常默默沉思，留心听父亲谈论，从不回答一句话。他与朋友们见面，与他们面面相对而坐，一声不吭，望着远方与蓝天相会之处。他去教堂，每每垂头丧气而归。因为他从讲坛和祭坛那里听到的教诲，与他在《新约》书里读到的大不相同；信徒们与他们的教会头领过的生活，也不是拿撒勒人耶稣所谈到的美好生活。

＊　　＊　　＊

春天来了，田野、草原上的冰雪消失了，高山顶上的积雪开始融化，淌入山谷，形成溪流，然后汇成水量丰富的大河，哗啦哗啦的水流声述说着大自然的苏醒。杏树、苹果树开花了，杨柳树吐出了嫩芽，山坡上长出了青草，百花遍野开放。约翰厌恶了火炉旁的生活，知道牛也厌倦了栅栏的狭窄，向往着绿色的草地。因为草料库已空，大麦秆也已告罄，于是约翰走来，从牛栏上解开牛缰绳，牵着牛向原野走去，将《新约》书藏在斗篷下，免得被人看见。他来到山谷半坡上的一片草地，便把牛撒开，让它们自由吃草。那片草地就在一座修道院❶的土地附近，那修道院坐落在一片高原中

---

❶ 该修道院位于黎巴嫩北部，名为"先知以赛亚修道院"，里面住着数十位修道士。——原注

间,远看上去,就像一座巨大的城堡。约翰坐下,身靠着一块巨大岩石,时而观赏山谷里的美景,时而沉思经书上谈到的天国的字句。

那是斋月末的白天,好久不曾食肉的村上居民正急切等待着复活节❶的到来。约翰像所有的穷苦耕夫一样,不分什么斋月不斋月,因为他们的一生都在封斋。他们所吃的不过是用额上汗水换来的面饼,用心血买来的果子,不食肉和美食那是自然而然的。不仅他的肉体内不存在美食欲望,就在情感中也不曾有过。因为他总是记着"人之子耶稣"的悲剧及其大地上的生命最后结局。

百鸟在约翰周围翻飞鸣唱,群鸽盘旋翱翔,花儿随微风摇曳,仿佛在欢快地沐浴阳光。约翰专心致志地读他随身带的那本书,然后抬起头来,眺望散落在山谷两侧乡村和城市中的座座教堂的圆屋顶,听着教堂的钟声。他渐而闭上双目,心灵越过世代留下的遗迹,漫游向了旧耶路撒冷,追寻着耶稣留在大街上的足迹,不时地向路人问起耶稣。有的人答道:"就在这里,他使盲人重见光明,使瘫痪者站立起来;在那里,人们用荆棘编了一个花环,戴在他的头上。"有的人说:"他曾站在这个柱廊下,向众人讲箴言、警句;在那座宫殿里,有人将他绑在柱子上,向他脸上啐唾沫,用鞭子抽打他。"还有人说:"在这条街上,他宽恕了一个娼妇的过失;在那个地上,他身背沉重十字架倒在了地上。"

---

❶ 复活节,基督教会的重大节日,纪念耶稣基督在十字架上受刑死后第三天复活。根据西方教会传统,在春分节(3月21日)当日见到满月或过了春分节见到第一个满月之后,遇到第一个星期日即为复活节。根据东方教会传统,如果满月恰好出现在这第一个星期日,则复活节再推迟一周。因此,复活节在3月22日至4月25日之间。

时辰悄然逝去，约翰与人之子耶稣在肉体上一起感受到痛苦，在精神上与之一道被称颂赞美。日挂中天，约翰站起身来，环顾四周，发现牛群不见了，于是开始四下寻找；一群牛在这平坦的草地上消失得踪影全无，心中有道不明的惊奇感。来到田间那弯弯曲曲的掌纹似的路上，远远望见一个身穿黑衣服的人站在田园中，于是快步走去。走近那个人时，认出那是修道院里一位修道士，点头致意之后，问道：

"神父，您可看见一群牛打这田间走过吗？"

修道士竭力掩盖自己的怒气，恶意地回答道：

"看见啦，就在那里！你来看哪！"

约翰跟着修道士到修道院，忽见他的牛被拴在一个宽大的牲口圈里，一个修道士在那里看着，手握一根棒子，那牛怎样动，他就怎样打。约翰想把牛牵走，那个修道士抓住他的斗篷，回头望着修道院柱廊，高声喊道：

"这就是那个放牛的罪犯！我把他抓来了。"

神父、修道士从四面八方涌来，为首的是修道院院长。那院长与其众伙伴不同的是，他形体消瘦，面皮紧皱。他们把约翰团团包围起来，像争抢猎物的大兵。约翰望着院长，平心静气地说：

"我干什么啦，竟成了罪犯？你们为什么要抓我？"

院长那愤怒的脸上满现凶相，用近乎拉大锯的响声粗里粗气地回答道：

"你的牛吃了修道院的庄稼，啃了修道院的葡萄藤，所以我们抓了你。牲口闯下的祸，当然要由放牲口的人负责。"

约翰怜求地说：

"神父啊，那是牲口，没有头脑呀！我是个穷苦人，除了这有劲的手臂和这些牛，别的东西一无所有。您就高抬贵手，让我把牛牵走吧！我向您保证，以后再也不来这草地上放牛了。"

院长说：

"上帝把我们安置在这里，上帝所选择的先知——伟大的以赛亚❶把保卫这片土地的大任托付给了我们，因此这块土地是神圣的，所以我们要日夜守护它；这块土地就像烈火，会烧死任何接近它的人。如果你拒绝向修道院作赔偿，你的牛吃下去的青草就会变成致命的毒药。不过，你是无法拒绝赔偿的，如果你少赔一分钱，我们也会把你的牲口扣在我们的牲口圈里。"

院长说完想走，约翰拉住他，苦苦哀求道：

"大人，我以这神圣日子恳求您，求您放掉我，让我把牛牵走吧！这是耶稣受难、马利亚痛苦的日子，求您不要这样狠心对待我。我是个可怜的穷苦人，而这修道院是富裕的。我求修道院宽恕我的过失，怜悯我的父母年迈。"

院长回头望着约翰，轻蔑地说：

"傻瓜呀，修道院是丝毫不能宽恕你的，不管你是穷人，还是富翁。你不要以这些神圣之物哀求我，因为关于那些秘密和内涵，我们懂得比你多得多。你若想把牛牵出牲口圈，就拿三枚金币来赎之，

---

❶ 以赛亚，《圣经》中的人物，亚摩斯的儿子，著名先知。他一生说了很多预言，如亚述必灭、以色列人被掳、巴比伦败落、基督降生，等等。

以抵偿你的牛吞食的庄稼。"

约翰用哽咽的声音说：

"大人哪，我连一分钱也没有哇。同情同情我，可怜可怜我的贫穷吧！"

院长用手指拢了拢浓密的胡子之后，说道：

"你去把你的地卖掉一部分，换三枚金币来吧！你就是不带土地进天堂，也总比触怒伟大的以赛亚，在他的祭坛前受谴责，来世下地狱遭烈火烧身要好！"

约翰沉默片刻，两眼闪出亮光，面容舒展开来，脸上的表情也由坚强意志取代了乞怜，继之用充满见识语调与青春活力融合在一起的声音说：

"那土地是穷人的面饼之源和生命之根，穷人怎可把卖地换来的钱送入充满金银的修道院粮库呢？穷人日渐穷困，可怜人饥饿而死，用来换取伟大的以赛亚对饥饿牲口罪过的宽恕，这公正吗？"

院长点着头，盛气凌人地说：

"基督耶稣正是这样说的：'富有者更富有，穷困者愈穷困。'"

约翰听到这话，禁不住心在胸中颤抖，身材也比以前长高了，仿佛脚下的地升高了。他就像战士抽出宝剑进行自卫一样，从口袋里取出《新约》，高声喊道：

"伪君子们，你们就这样嘲弄这部圣书中的教导！你们竟然利用生活中最神圣的东西散布生活的邪恶，'人之子'再来之日，就是你们遭殃之时。他会捣毁你们的修道院，把它的基石抛入山谷之中；他会用火烧掉你们的祭坛、绘画和塑像！耶稣的鲜血和圣母马利亚那纯洁的眼泪也会使你们倒霉，会变成滚滚洪流，将你们卷入深渊之底！你们这些个该死的伪君子啊，你们总是屈从于你们贪欲的偶像；用黑色的衣服，掩盖着你们的黑心肠；你们用祈祷活动你们的嘴唇，而你们的心像顽石一样僵硬；你们假装谦恭在神坛前顶礼膜拜，而你们的灵魂早已背叛了上帝。

"你们恶意地将我带到这个充满罪恶的地方。仅仅因为一点庄稼，你们就把我当作罪犯抓起来；要知道，太阳长出的庄稼属于我，也属于你们，当我奉耶稣大名求你们怜悯，以耶稣受苦遭难之日恳求你们宽恕时，你们却嘲弄起我来，仿佛我说的都是愚语傻话。你们拿着这本书，在书中好好找一找，让我看看耶稣什么时候不是宽容大度的吧！你们好好读一读这天上的悲剧，然后告诉我，耶稣在哪里说过不讲怜悯、不论慈悲的话语？他在山上的训诫词中说过吗？他在神庙中，在那些折磨那个娼妇的众人前说过，还是在髑髅地❶，为了拥抱全人类而把双臂伸展在十字架之时说过？

"心肠残酷的人们哪，你们睁开眼睛，看看这些城市和贫困乡村吧！在那里的住宅中，多少病人挣扎在痛苦的病榻上！有多少不幸的人在那里的监牢里埋葬青春！多少乞讨人在门前乞求施舍，多少异乡人困卧路旁，坟地里多少寡妇孤儿在哭号！而你们在这里却尽享懒惰的舒适生活，品味着地里收来的果实和用葡萄酿成的美酒。你们不曾去看望一个病人，更没有去探望过一个囚徒！你们没有给一个饥饿

---

❶ 髑髅地，耶稣殉难之地。据《圣经·新约》中的《福音书》称，耶稣在这里被钉死在十字架上。

者送过食物,也没有为任何一个异乡人提供住宿,更没有安慰过任何一个愁苦者。你们用尽阴谋诡计,掠夺了我们先辈那么多财物,你们应该感到满足,理应就此罢手;可是,你们仍像毒蛇伸头那样伸出你们的手,还在竭尽全力抢夺寡妇双手劳动所得以及农民为年迈之时积存的东西。"

说到这里,约翰喘了口气,然后豪迈地抬起头来,平静地说:

"你们人多势众,而我是单枪匹马。你们愿意怎样处置我就怎样处置吧!狼趁黑夜捕食绵羊,但绵羊的血迹会留在山谷里的碎石上,直到黎明降临,朝阳东升。"

约翰说话时,声音里有一种神圣力量,足以中止修道士们的活动,激起他们心中的怒气。他们就像狭窄笼中的饥饿乌鸦,气得周身颤抖,咬牙切齿,单等他们的院长发令,以便将这个放牧人撕个粉碎。约翰说完话,沉默下来,恰似暴风摧折枯木朽株之后的沉寂。

修道院院长大声呼唤修士们:

"把这个撒野的罪犯抓起来!夺掉他的书,把他拖到院子黑屋里去,谁亵渎上帝选定的人,今世和来世都不能得到宽恕。"

修道士们立即冲了上去,就像猛兽捕食猎物一样,将约翰捆了起来,随后带入一个狭窄的房间,继之一阵拳打脚踢,将他打得死去活来,然后将门锁上。

在那间黑暗的小屋里,约翰像胜利者一样挺立起来,仿佛敌人已向自己的俘虏屈服。他透过下临充满阳光山谷的小窗洞朝外瞭望,容光焕发,感到有一种精神上的快感正在拥抱他的心灵,情绪颇感镇定。狭窄的房间只能囚禁住他的肉体,而他的心神却随着微风自由地徜徉在丘山与草原之间。那些修士们的手只能伤痛他的肢体，根本触及不到他的情感，因为他的情感总是在拿撒勒人耶稣的身边。一个真正的人，任何迫害都无法折磨他；一个站在真理一边的人，任何不义都残害不了他。苏格拉底❶微笑着饮下毒酒，保罗遭石击刑仍然含笑。但是，那无形的良心，我们违背其意志，它会使我们感到痛苦；我们若背叛了它，它就将我们置于死地。

约翰的老爹老娘得知独生子出了事，母亲便拄着拐杖来到修道院。她扑倒在修道院院长的脚前，禁不住老泪纵横，连连亲吻院长的手，要求他宽恕她的儿子，原谅孩子的无知。

院长抬眼望着天空，仿佛不屑于看人间琐事，说道：

"我们可以原谅你儿子的鲁莽轻率，可以宽恕他的疯癫。但是，修道院有自己的神圣权利，那是非忠实履行不可的。我们可以谦让、宽恕人们的过失，但伟大的以赛亚不会宽恕、原谅那些破坏葡萄园和在他庄稼地放牧的人。"

老太太望着院长，眼泪淌在那因年迈而满布皱褶的面颊上。她从自己脖子上摘下银项圈，递到院长的手里，说：

"大人哪，我除了这银项圈再没有别的什么东西了。这是我出嫁时母亲给我的嫁妆，就请院长收下，为我的独生子赎罪吧！"

院长接过银项圈，放在自己的口袋里。约翰的母亲连忙亲吻他的手，表示感恩戴德。院长说：

"这一代年轻人真是作孽，正应了经书上的那段话：儿女们吃酸

---

❶　苏格拉底（前469—前399），古希腊大哲学家。

葡萄，倒父母的牙。好老太太，你走吧！为你的痴癫儿子祈祷、求苍天治愈他的病，恢复他的理智吧！"

约翰离开囚禁他的黑屋，牵着牛，缓步走在母亲的身旁；母亲深深地弯着腰，拄着拐杖，仿佛背负着岁月的重载。回到茅舍，约翰把牛拴到牲口圈，自己静静地坐在窗子前，观望着渐渐消失的白日光芒。片刻后，他听父亲对母亲悄悄耳语道：

"萨莱呀，我对你说过，我们的孩子神志有些失常，你总是不相信我的话。现在你不会反对我的说法了吧！因为事实已证明了我的话。严肃的修道院院长对你说了我多年前说的那些话。"

约翰一直望着日落之处，但见那里集聚的云已被夕阳染上了各种色彩。

二

复活节到来了，戒斋被大吃二喝所替代。在贝什里城的民宅中间，已经建成了一座高大的新神庙，就像是挺立在牧民茅舍中间的雄伟王宫。人们正在等待着一位大主教的到来，以便为神庙举行宗教仪式，为祭坛奉献供品。人们预感到主教快要到来时，便排着队出去，站在道路两旁。时隔不久，在青年们的欢呼和牧师们的赞美声中，将主教迎进城中，只听钹镲齐鸣，钟声响亮，欢声震天。

大主教离鞍下马，但见马鞍上有金丝绣花笼头，马嚼子全用白银制成。教长和首领们上前迎接，话语亲切甜美。他们还高声朗诵充满赞词的诗歌，对大主教表示热烈欢迎。此外，高昂的赞歌声此起彼伏，一直把大主教接到新的神庙。

大主教穿着绣着金边的黑色礼袍，戴起缀着珠宝的冠冕，手握饰有精美花纹和镶嵌着宝石的权杖，开始绕着神庙转圈，边转边和牧师们一起诵唱着祈祷词；神庙周围香烟升腾，无数支蜡烛闪着亮光。

就在这个时候，约翰和牧民及农民们站在高高的柱廊上，瞪着苦涩的双眼，正在观看这番景象，不住地发出痛苦的叹息声。因为约翰看到：一边是锦衣绣花，金杯银盏，香烟缭绕，灯火辉煌，另一边站着的却是一群来自农村和田野的穷苦人，正在观看复活节的活动及教会的献祭仪式；一边是穿着绫罗绸缎的达官贵人，另一边却是穿着破衣烂衫的贫寒平民；这里是一群富人强者，用赞歌和祷词代表他们的宗教，那里是贫贱百姓，暗暗为耶稣起死回生而欣喜，悄声对着苍天祈祷，从碎的心灵深处发出火辣辣的叹息；这里是有权有势的头头脑脑，他们过着类似松柏常青似的生活，那里是贫民和农夫，他们只有屈从于船上似的生活，死神是船长，巨浪已将船舵打坏，狂风撕破了船帆，只能在狂风与巨浪中上下颠簸；这里是残酷的专制，那里是盲目的驯从。试问：专制与驯从，究竟哪个为哪个而生呢？莫非专制是一株强大无比的树，只生长在低洼土地上？而驯从则是一片荒芜的土地，那里只能生长荆棘？

约翰一直沉浸在这种痛苦的深思之中。他双臂搂胸，仿佛喉咙狭窄得使他难以呼吸，恐怕自己的前胸被撕开数个出气用的洞和口子。献祭仪式结束，人们正要离去之时，约翰觉得天空中有一圣灵要他接受启示，公众中有一种力量在启动他的灵魂，要他站在天地面前吐露他意志中最大秘密。于是，约翰走到廊柱一端，抬起眼，手指着天空，用足以唤人聆听、叫人静观的声音喊道：

"坐在高空光圈中心的拿撒勒人耶稣啊，请你看一看吧！请你从蓝色苍穹之外看一看这昔日身着圣灵之衣的大地吧！忠实的卫士啊，请你看一看！崎岖山路上的荆棘已扼住了你用额头上的汗水浇灌出来的鲜花的脖颈。善良的牧羊人啊，你看哪！野兽的利爪已经抓住你曾扛在肩上的弱小羔羊的肋骨。看哪，你的鲜血已经渗进了大地腹内，你的热泪已在人的心上干涸，你的热乎乎的气息已在沙漠风中消散，曾被你的双脚奉为神圣的田地已变成杀场，在那里，强者的铁蹄正在踏碎被抛弃者的肋骨，暴虐者的魔掌正在残害弱者的灵魂……从这黑暗世界的各个角落发出的不幸者的高声呐喊，以你的圣名坐在宝座上的大人们充耳不闻；在讲坛上侃侃而谈你的教诲的人们，他们的耳朵根本不去理会痛苦者的号丧泣声；你为传播生活福音而派遣到人间的羔羊，如今已经变成了凶猛野兽，正用犬齿撕裂你曾用双臂抱着的羔羊的五脏六腑。你从上帝心中取来的生命福音，已经被掩藏在书中，取而代之的是可怕的喧嚣，令人们的心灵为之战战兢兢。

"耶稣啊，他们为了他们名字的荣光，建造了无数教堂和寺庙，并为之披锦挂绸、镶金嵌银；还是他们，将你贫苦信徒的躯体，赤裸裸地抛在冰冷的狭巷中。他们使整个天空充满香烟的烛光；还是他们，让信奉你的神性的穷苦人连面饼都吃不到，整日里腹中空空。他们能歌善诵，使赞歌与诵声响彻天际；还是他们，根本听不到众多孤儿寡母的呼唤与叹息声。

"复活的耶稣啊，再来一次吧！请你把出卖宗教者从你的神庙中驱赶出去！因为他们已把圣殿变成了他们这些毒蛇策划欺诈阴谋的寄居的洞穴。来吧！快来清算这些暴君吧！他们已从弱者那里亲手抢光了属于弱者和上帝的一切东西。来呀！看看你亲手栽下的葡萄树吧！葡萄藤已被虫子吃掉，过路人的脚已将葡萄串踩烂。来啊！请看一看你曾把和平赐予他们的那些人吧！如今，他们被迫四分五裂，相互争斗厮杀，而他们的战争留下的断臂残肢，却是我们痛苦的心灵和我们衰竭的心……

"在他们的节日和庆祝活动中，他们大言不惭地抬高声音说：'光荣归于上苍的天主，降安宁于大地，赐百姓以快乐。'那些罪恶的嘴唇和撒谎成性的口舌提及天父的大名，你的天父会有光荣之感吗？不幸的人们在田间头顶烈日把全身力量耗尽，以便给强者的嘴送去食粮，填饱暴君的饥腹；在这种情况下，大地上能够有安宁吗？贫苦的人们用伤感的目光，像受压迫的人望着救星一样望着死神；这样的人们能有快乐吗？

"可爱的耶稣啊，何为和平呢？和平究竟在居于黑暗阴冷陋室的饥饿母亲怀里依偎着的婴儿眼中，还是在身卧石床的贫苦人的肉体中？须知那些贫苦人梦想得到修道院神父们投给他们圈养的肥猪的食物，却也是得不到的。

"俊秀的耶稣啊，何为快乐呢？难道王子用碎银子去换取男子的力量和女人的贞操能使人们感到快乐？莫非我们看到他们的勋章、宝石、锦衣闪着亮光，而我们却甘心情愿地为他们当一辈子奴隶，会感到快乐？莫非当我们呐喊、控诉并责斥他们时，他们派出仆从，手持利剑，骑着高头大马向我们冲来，残杀我们的妇女和儿童，让大地醉饮我们的鲜血，那时我们才有快乐？……

"强大的耶稣啊,伸出你的手,救救我们吧!暴君们的手对我们实在太残酷了。或者派死神来把我们带到坟墓中去,让我们在你的十字架下得以安息,直到你再来之时。因为我们这里的生活已算不上什么生活,而是一片黑暗,魔影横行;这里是一条深谷,可怕的毒蛇四处蠕动。我们这里的日子已算不上什么日子,黑夜将利剑隐藏在我们的床褥里,清晨又将之抽出来,当求生的欲望将我们带往田间时,又把利剑悬在我们的头顶。

"耶稣啊,耶稣!可怜可怜在你复活之日以你的名字聚集在这里的人们吧!请你怜悯他们的屈辱与微弱。"

约翰对苍天表述胸臆时,站在他周围的人们表现不一:有的称赞、满意,有的鄙视、恼怒。

这个人高喊道:

"他讲的全是真理。他对着苍天说出了我们的痛苦处境,因为我们是受迫害的人。"

那个人说:

"他是个痴癫狂人,在借恶魂之舌胡言。"

又一个人说:

"我们从来没有从我们的父辈那里听到过这样的呓语,我们现在也不想听。"

还有一个人对旁边的一个人耳语道:

"我听到他的声音,只觉得内心里有一种神奇的震撼。他在用一种异乎寻常的力量说话。"

另一个人回答道:

"是的！可是，头领们比我们更清楚地知道我们的需要，所以我们怀疑他是错误的。"

这些声音从四面八方升腾而起，汇集在一起，声如狂涛怒吼，然后消失在空中。正当这时，一个神父走来，将约翰抓住，交给了警察。警察们将他带到法庭。当法官们审问他时，他一句话未答，因为他想起耶稣在压迫者面前沉默无语。他们将他带到黑暗的牢中，他依着石墙安安稳稳地进入了梦乡。

第二天清晨，约翰的父亲来了，他在法官面前为独生子的疯癫症做证。他说：

"法官大人，我常听他独自发呓语，说一些根本不存在的怪事。他熬过多少夜，对着寂静说一些含义不明的字眼儿，用令人恐惧的声音对着黑暗幻影叫喊，很像巫师神汉们念咒。法官大人，你可以问一问常跟他坐在一起的青年们，他们都知道他的头脑被带到另一个遥远的世界中去了。他们和他说话，他总是不回答；即使有时说上一句半句，也与他们的谈话毫不沾边儿。

"法官大人，你若不信，还可以问问他的母亲，他母亲最知道自己的儿子神志不正常。她多次看到儿子用呆滞的目光望着天边，听见儿子发狂似的说着树木、河流、花草和星星什么的，就像小孩子那样，尽说些小事。你还可以问问修道院的修道士们，我这儿子昨天还在与他们争辩，十分蔑视他们出家修道、崇拜天主的行动，完全否认他们那种生活的神圣性。大人哪，他是个疯子呀！不过，他对我和他的母亲还是蛮孝敬的，用汗水换来我们生活所需要的东西，为我们养老尽心尽力。大人哪，求你可怜我们年老体弱，可怜可怜他吧!求你像父母怜悯儿子一样,宽恕他的疯癫症吧!"

约翰被释放了,他是疯子的说法也传开了。青年们提到他时,无不讥笑他的言谈话语;姑娘们则用惋惜的目光望着他说:

"苍天对人的安排如此离奇:给了小伙子这么俊秀的面容,偏偏让他神经错乱;给他的目光温文尔雅,却使他的心灵笼罩着病态的黑暗。"

*　*　*

在那遍生青草和香花的草原和丘山中,约翰坐在不解人间痛苦、迷恋肥美草原的群牛旁,用泪眼望着散布在山谷两侧的农村和园田,深深地叹息着,不住地重复着这样几句话:

"你们人多势众,而我是单枪匹马。你们要说我什么,随你们的便吧!你们要怎样处置我,随你们的意愿吧!狼趁黑夜捕食绵羊,但绵羊的血迹会留在山谷里的碎石上,直到黎明降临,朝阳东升。"

叛逆的灵魂

谨将此书

献给拥抱我的灵魂的灵魂
献给向我的心吐露心底秘密的心
献给点燃我的情感火炬的手

纪伯伦

沃尔黛·哈妮

一

这样的男子是多么倒霉：他爱上了一位姑娘，并已选定她做自己的终身伴侣，将自己的汗水和心血全洒在了她的脚下，把辛辛苦苦收获来的果实和谷物全都送到了她的手中；后来，他稍加留心，突然发现他用白日劳苦和熬夜辛苦试图换取的她那颗心，已经无偿地送给了另外一个男子，正在享受着那个男人的内心恋情，并为得到那个男人的爱而深感幸福。

而这样的女子又是多么不幸：她从青春幻梦中醒来，发现自己已嫁在一个男人的家中，那男人给她金山银海，大礼频赠，敬重有加，无限温情；但是，他却无法用炽燃的爱情火炬触摸她的心，更不能用上帝斟满杯的美酒醉饮她的灵魂，因为那天堂美酒来自女人心上人的一对明眸之中。

* * *

我打青年时代就认识拉希德·努阿曼贝克[1]。他本是黎巴嫩人，

---

[1] 贝克，土耳其帝国下等文官的称谓。

出生在贝鲁特城一个古老、富裕的家庭中,祖上有着光荣辉煌的过去。他很喜欢讲述父辈的荣耀历史,在自己的生活中一直沿用着他们的信仰和传统,效仿着先辈的生活习惯,身着西式燕尾服,简直就像飞翔在东方天空的鸟儿。

* * *

拉希德贝克心地善良,品格高尚。但是,他像许多叙利亚居民一样,观察事物不看本质,而是看外部现象;不听自己的心曲,没有主见,只凭周围的声音决定自己的情感。他只迷恋事物虚饰浮华的外表,从不去深思眼睛看不到的生活秘密;无心去体味存在的内涵,一意去追求暂时的欢乐与享受。他属于那样一种人:匆匆表示自己对人和事物的爱与憎;时隔不久,又对自己的表示感到后悔。此时的后悔只能招来讥笑与蔑视,得不到原谅与宽恕。

正是这种品质和性格,使得拉希德·努阿曼贝克与沃尔黛·哈妮女士结成夫妻。那时,姑娘的心还没有在能使夫妻生活幸福的真正爱情中与贝克的心相亲相印。

* * *

我多年不在贝鲁特。当我回到贝鲁特时,便去看望拉希德,我发现他体态瘦弱,形容憔悴,皱巴巴的脸上布满愁云,悲凉的两眼里透出令人痛苦的目光,无声地诉说心力的枯竭和胸中的郁闷。我挖空心思，苦思冥想，也想不出他枯瘦、惆怅的原因，只得开口问道：

"喂，我说你怎么啦？昔日你那脸上的耀眼的光华哪里去了？伴随你青春的那种欢乐又去了哪里？究竟是死神将你和好友分开了呢，还是黑夜抢走了你白天辛辛苦苦挣来的钱财？看在友谊的份儿上，请你告诉我，你何故忧愁揪心，何因瘦弱缠身？"

他用惋惜的目光望了我一眼，仿佛回忆使他看到了昔日的美好画面，旋即又被遮掩。他的声音起伏断续，失望与沮丧情调显而易见。他说：

"一个人，假若失去了一位知心朋友，环顾四周，还会看到许多朋友，那么，他是可以忍耐、承受的。一个人，倘使损失了钱财，稍加思考，便可发现凭以挣钱的活力，将用同样活力再去挣钱，痛苦顿抛脑后，欢乐接续而来。但是，假使一个人丢掉了心灵的宽舒，他到哪里去找，又用什么去弥补呢？

"死神狠狠地打了你一巴掌，你会感到疼痛，但刚过一天一夜，你就会感到生命的手指在轻轻抚摸你，你会绽现出微微笑容，继之欢欢喜喜。灾难或许突然而至，瞪着可怕的圆眼凝视着你，用尖爪掐住你的脖颈，残酷地把你摔在地上，用铁蹄踩你一顿，笑着扬长而去；时隔不久，伸出柔若丝绸的手掌，将你扶起，为你吟唱希望之歌，让你高兴欢乐。

"许许多多的灾难和痛苦伴着黑夜魔影而来到你的身边，又随着晨曦降临而消失在你的面前，你会觉得可以用你的决心和意志把握你的希望。可是，假若你在万物中间的命运只是一只鸟儿，你喜欢它，以心中之粮饲之，让其饮你的瞳仁之光，用你的肋骨为它做笼子，让它把你的心坎儿当巢窝；就在你望着你的鸟儿，正用你心灵的光芒为它的羽毛增添光泽之时，它突然逃离了你的双手，高高飞上云端，然后落向另一个笼子，再也无法追还。这时，你怎么办呢？请你告诉我，你怎么办呢？你到何处寻求耐心？如何遗忘得了？怎能使希望和意愿再生？朋友，你来说说！"

拉希德贝克说最后几句话时，声音哽咽，痛苦不堪。他站起来，周身颤抖，活像风口中的芦苇。他把双手伸向前方，像是想用他那弯曲的手指抓住什么东西，以便将之撕成碎片。他的血直朝脸上冲去，将他那多皱的面皮染成了紫红色。他两眼圆瞪，眼帘一动不动，凝视片刻，仿佛看见眼前从无中生出一个魔鬼，来取他的生命。之后，他的面容忽变，转眼望着我，瘦弱体内的愤恨转化为痛苦，边哭边说：

"那个女人呀！我把她从贫困的奴役下拯救出来，将我的金库门向她敞开，使她穿金戴银，衣饰华贵，出入有香车宝马伺候，成为妇女们嫉妒的焦点。就是这个女人呀，我的心深深爱着她，我把全部情感倾注在她的脚下；我的心神深深恋着她，礼物频频赠送。就是这个女人呀，我本是她深情的朋友、诚挚的伙伴、忠实的丈夫，而她却背叛了我，弃离了我，跑到另一个男人家去了，与那个人一道在贫困阴影下生活，与那个男人一起吃用羞耻和成的面做的面饼，喝混合着屈辱的污水。

"就是这个女人呀，我深爱着她，把她看作一只美丽的鸟儿，以我心中之粮饲养着它，让它饱饮我的瞳仁之光，用我的肋骨给它做笼子，让它把我的心坎儿当巢窝。可是它呢，已从我的双手间飞走，落到另一个用鼠李❶条编成的笼子,在那里只能吃针刺和虫子,饮毒素和苦西瓜❷汁。一位纯洁的天使,我曾让其住在我的深情与钟爱的天堂里,如今却变成了可怕的魔鬼,下到黑暗之中,自己因罪而受折磨,也以其罪恶折磨着我。"

说到这里,拉希德贝克默不作声。他用双手捂住脸,仿佛想摆脱自我折磨的处境。

片刻过后,他叹了口气,说道:

"我能够说的就这些,你不要再问我别的什么了!你不要大声张扬我的灾难,就让它成为无声的灾难吧!但期望它在静默中成长,最后送我一死,让我得以宽舒。"

我原地站起来,泪水在我的眼眶里打转,同情之意令我心碎。之后,我告别了他,什么话都没有说,因为我再也找不到能安慰他那伤透了心的话语,也在格言中找不到一把能照亮他那默然心灵的火炬。

二

几天之后,我第一次在一个被鲜花、绿树包围着的简陋房舍里见

---

❶ 鼠李,一种带刺的植物。

❷ 苦西瓜,沙漠中的一种植物,叶子和果与西瓜相似,但很小,堪称袖珍西瓜。极耐干旱,瓜味极苦,阿拉伯妇女为了给孩子断奶,多将瓜汁抹在乳头上。入药,为强烈泻剂。2000年11月8日,译者从科威特沙漠上采得七个苦西瓜,现放在书桌灯下。

到了沃尔黛·哈妮女士。她曾在拉希德·努阿曼贝克家中听说过我的名字；正是她践踏了贝克的心，让他死在了生活的铁蹄之下。当我看见她那一对明亮的眼睛，听到她那甜润的音调时，暗自心想：

这个女子会是一个坏女人？难道她那透明的面容掩盖着一颗丑陋的灵魂和一颗罪恶的心？这竟是一位不忠实的妻子？莫非她就是我多次诬赖过的女人？难道她就是我想象中隐藏在外形绝美之鸟体内的可怕毒蛇似的女人？……

我心中念头一转，又暗自思忖：假若没有这张漂亮的面容，何物能使那位男子如此不幸呢？表面的艳美会招致巨大的无形的灾难和深刻无比的痛苦，难道我们没有听说过？月亮会给诗人的灵感以光芒，还是同一个月亮能使平静的大海掀起潮汐狂涛巨浪，莫非我们不曾见过？

我坐下来，沃尔黛女士也坐了下来，仿佛她已听到我暗自思考的心声，不希望我的困惑与猜想之间的争斗再继续下去，于是用她洁白的手撑住自己的头，用近乎芦笛的柔和乐音似的声调说：

"我虽然以前没有见过你，但从人们口中听到过你的思想和幻梦的回音。贵客啊，我知道你是个同情受虐待女性的人，你怜悯女子的懦弱，深谙情感和偏好。因此，我想向你摊展我的心，在你面前打开我的心扉，让你看看其中的内涵。假如你愿意，可以告诉人们，就说沃尔黛·哈妮绝对不是一个不忠实的坏女人……"

紧接着，沃尔黛·哈妮开始这样讲述她的经历，说道：

"当命运之神把我带到拉希德·努阿曼贝克那里时，我刚十八岁，而那时他已经年近四十了。他迷恋我，倾心于我，倒是蛮体面的，正像人们传说的那样。之后,他便让我做了他的妻子,在他那奴婢成群的大家之中成了女主人。他让我身着绫罗绸缎,用珍珠、宝石装饰我的头、脖颈和手腕。他把我当作一件奇珍异宝在他的朋友和相识家中展览;当他看到朋友们都用赞许、羡慕的目光望着我时,他的脸上便绽现出胜利的微笑;当他听见朋友的夫人们用称颂、友善的语言谈论我时,他总是洋洋得意,高高地昂着头。

"但是,他却没有听见有人这样问:'这是拉希德贝克的妻子,还是他的干闺女?'另一个人说:'假若拉希德贝克青年时代结婚,他的头生儿女也比沃尔黛·哈妮年龄大。'

"所有这一切,都发生在我的生命尚未从青春的沉睡苏醒之前,神灵还没有点燃我心中的爱情之火,情感与爱的种子尚未在我的胸中发芽。

"是的,所有这一切发生之时,我还以为身穿锦衣,周身华饰,乘香车宝马出门入户,室内全铺精美地毯,这就是最大的幸福。可是,当我醒来之时,当光明打开我的眼界之时,我便感到神圣的火舌在灼烧着我的肋骨,感到精神的饥渴紧紧抓住了我的心灵,令我的心灵痛苦不堪。当我苏醒之时,我看到自己的翅膀左右扑动,想带着我飞上爱情的天空,继之却颤抖着,无力地垂了下来,原因在于受着教律锁链的束缚;在我了解那种桎梏和教律的本质之前,它便锁住了我的躯体。

"我苏醒过来时,感受到了这一切,知道一个女人的幸福并不在于男人的荣誉和权势,也不在于其慷慨与宽厚,而在于将二人的灵魂融合在一起的爱情。把女人的情感倾注到男人心肝的爱情,使

叛逆的灵魂　　051

男人成为生命躯体的一个器官的爱情，使二人成为上帝唇间一个语词的爱情。

"当这个尖刻的真理显示在我的眼前时，我发现自己在拉希德·努阿曼家中就像做贼的，偷吃着他的面包，然后借着夜的黑暗藏身。我内心明白，我在他身旁度过的每一天，都是可怕的欺骗；那欺骗由口是心非、虚心假意用烙铁写成。在大地和苍天面前，清清楚楚地显示在我的前额上。因为我不能以心底里的爱报答他的慷慨，也不能用心灵的温情偿还他的善良与忠诚。我曾试图学着他，然而徒劳无益，无论怎样也学不会，因为爱情是一种力量，它可以创造我们的心，而我们的心却不能创造它。我曾在夜深人静之时对着苍天祈祷哀求，乞求苍天在我的内心深处创造一种精神情感，让我接近苍天给我选择的那位伴侣，然而同样徒劳无益，苍天没有任何行动，因为爱情是应上帝默示降到灵魂上的，人的乞求与之毫不相干。

"就这样，我在那个男人家里住了整整两年。我羡慕田野上的鸟雀能自由飞翔，姑娘们却嫉妒我这个牢中的囚徒。我像一位失去独生子的母亲，为我的心而痛苦不堪，因为它已苏醒，却被教律牵累，而且每天都在因饥渴迈向死亡。

"在那些黑暗日子的一天，我透过黑暗看到一线柔光，从一位青年的眼中射出。那位青年独自行走在路上，独自生活在这座简陋的房舍里，埋头于自己的稿纸和书籍之中。我闭上双眼，以便不再看那线柔光，暗自思忖：心灵啊，坟墓中的黑暗，那才是你的命运所在，听到天上传来的歌声，甜美纯朴，震撼着我的心神，占据了我的全身。我赶紧捂着双耳，暗自思忖：心灵啊，深渊里的呐喊声，那才是你的命运所在，不要贪恋歌声了！……

"就这样，我闭上双眼不看，捂上双耳不听。尽管如此，我的眼睛仍然看到那线柔光，虽然二目紧闭；我的耳朵仍然能听到那歌声，虽然我紧捂着双耳。我起初像一个在王公豪宅附近看到一颗珍宝的穷人那样，因为害怕王公而不敢将之拾起，又因为自己贫穷而舍不得丢下它。我像一个口干的人那样哭起来，因看到那一眼甘泉被森林中的猛兽包围着，虽口干却不敢上前饮水，只得趴在地上，急切地等候着……"

说到这里，沃尔黛·哈妮沉默一分钟，合上两只大大的眼睛，仿佛过去就竖立在她的面前，她不敢面对面地看着我。之后，她又说：

"这些来自永恒世界，未曾品尝过真正生活滋味就回到永恒世界的人们，他们是不能理解女人站在她顺天意爱上的一个男子与她屈从地上法律依附的一个男子之间时，她所感受的痛苦本质。那是用女性血和泪写成的人间悲剧，男人看了发笑，因为他读不懂；一旦懂了，他的笑便会变成暴怒与凶狠，向女人大发雷霆，火气冲天，让咒骂和斥责声充满女人的耳际。

"这就是漆黑之夜在每一个女子心中上演的悲剧，因为她还不晓得何为婚姻之时，她的肉体就被绑在一个她知道他是丈夫的床上，而她的灵魂却绕着另一个男子飞翔，那才是她整个神魂爱恋的男子，那爱恋中充满圣洁和美。那是一种可怕的斗争，自打女子的懦弱和男子的强悍出现之后就开始了；只要强悍奴役懦弱的岁月不结束，这种斗争是不会停止的。那是人的腐败法律与心的神圣情感之间一种可怕的战争，我昔日被抛入了战场，我险些忧伤地死去，因泪流不住而憔悴不堪。但是，我站起来了，除去了自身的女性怯懦，展开翅膀，挣脱了懦弱和屈从的捆绑，飞上了爱情和自由的广阔天空。如今，我在这位男子的身边感到很幸福；我和他就像上帝手擎着的一柄火炬，新的时代刚刚开始。世界上没有任何力量能够夺去我的幸福，因为它源于两颗灵魂的紧相拥抱，相互理解，相亲相爱。"

沃尔黛太太用意味深长的目光望了我一眼，仿佛用她的一对明眸穿透了我的胸膛，以便观察她的话能对我的情感造成什么影响，听听她的话在我的胸膛有何回音。但是，我一言未发，为的是不打断她的话。听她的声音，显然是在把回忆的苦涩与挣脱苦难、获得自由的甜蜜进行对比。她说：

"人们也许会对你说，沃尔黛是个不忠不信的女人，完全根据自己内心的好恶行事，弃离了那个把她尊奉为大家女主人的男人。人们会对你说，沃尔黛是个烟花女，用她那污秽的手把信仰编织的神圣婚姻花环撕毁了，取而代之的是一个用地狱芒刺编成的肮脏颈圈；抛开了她身上的体面服饰，换上了罪恶与耻辱衣衫。他们还会对你说更多的话，因为他们祖辈的幽灵依然活在他们的体躯内。他们就像山谷里的空穴洞，只会给话音报以回音，但完全不理会话音的意思为何。他们不懂得上帝为万物创造的法律，不明白真正宗教的意义，不知道人们何时是错的，或者是清白无辜的，而是只用他们那微弱的目光观察事物表面现象，根本看不到其中秘密，于是愚蠢地进行裁决，盲目地予以定罪；在他们的面前，罪犯、无辜者、好人和坏蛋一律平等，没有什么区别。

"如此裁决，如此定罪的人真是该死……在拉希德·努阿曼家里，我是个烟花女，是一个不忠诚的女人。因为他在上天按照精神和情感法律把我变成他的妻子之前，他就依照传统习惯使我成了他床上的性伴。当我食他的美味以饱腹，他借我的身体满足他的肉欲时，我在自己的心灵和上帝面前是低贱卑微的。至于现在，我已变成了纯洁、干净的女子，因为爱情的法律已经解救了我。我变成了一个高尚、忠诚的女子，因为我废止了以肉体换面包、以青春换衣饰的生意。是啊，当人们把我当作一位贤惠的妻子时，我是个烟花女子、罪恶女人；如今我变成了一个纯洁、高尚的女子，而他们把我看作低贱娼妇，因为他们根据肉体判断心神，用物质的尺码度量灵魂。"

沃尔黛太太朝窗子望去，用右手指着城市，提高了声音，仿佛看到了活动在街巷中、阳台上、柱廊下的腐朽人影和堕落幻象，用蔑视、厌恶的音调说：

"你看看这些漂亮的宅院和高大堂皇的公馆，那里住的全是富翁和强人，而在那锦缎衬里的墙内，背叛居住在虚伪旁边；在涂着金色的屋顶下，欺骗生活在佯装附近。你好好看看，仔细想想这些向你展示荣耀、权势、幸福的楼堂馆殿，其实那些不过全是隐藏屈辱、悲凉与不幸的洞穴罢了。那都是粉饰一新的坟墓，在那里，柔弱的女子的狡诈掩藏在黛眼粉唇之后，男子的自私与兽欲则借金银光泽隐蔽在角落里。那宫墙傲然耸立，直插天空，洋洋得意；假若它能嗅到落在它身上的灾难与欺诈气息，它定会土崩瓦解，四分五裂，坍塌下来。那些宅院，贫穷的乡下人用眼泪望着它；假若乡下人得知居住在那里的人的心中没有一粒来自满怀爱情妻子的甜蜜之爱，那么，他定会讥讽地一笑，怀着同情心返回自己的田园。"

说到这里,沃尔黛太太拉住我的手,把我领到她观看城中宅院、公馆的窗户旁边,说:

"你来呀,我让你看看这些人所干的秘密勾当吧!我不希望做他们那样的人。你瞧那座公馆,大理石的明柱,铜嵌门扇,水晶玻璃窗,里面住着一个富人,从吝啬的父亲那里继承了大笔钱财,却从花柳巷里学来了种种恶习。两年前,他与一女子结婚;他只知道那女子的父亲出身于光荣世家,在当地的显贵中享有崇高地位。蜜月刚过,他便厌恶了妻子,又去寻花问柳了,就像醉汉丢弃空酒瓶子那样,将妻子丢在公馆里。起初她泣哭落泪,痛苦不堪。后来,她忍耐着,像知道自己错在哪里的人一样自我寻求安慰,知道自己不值得为失去像她丈夫那样的一个人流泪。如今,她不顾一切地爱上了一个容貌俊秀、谈吐文明的青年,向他尽倾心中的情感,把她丈夫的银钱往那个青年的口袋里塞。因为她不再理睬她的丈夫,所以她的丈夫也不再管她了……

"你再来瞧瞧那座被茂密花园环抱着的房舍!那座房子的主人出身于名门,他的家族曾长期地统治这个地方。由于家产渐失,儿子懒散,家庭地位大大降低。几年前,那个男人与一姑娘结了婚,那姑娘容貌丑陋,但腰缠万贯。那男人占有了那丑妻的大笔钱财之后,便忘记了她的存在,找了一个漂亮的情妇,便抛弃了妻子,使她后悔得直咬手指,无限思恋,坐守空房。现在,她打发日子只能靠卷头发,染眼睑,涂脂抹粉,用绸缎装饰自己的身段;也许这样能够赢得某位来访者看上一眼,但她只能从镜子里看到自己的影子……

"你看看那座雕梁画栋的大宅院,那是一个容颜俊秀、心地邪恶的女人的住宅。她的原配丈夫去世了，她便独享了丈夫的遗产，然后选择了一个体弱志衰的男人做了她的新丈夫，借他的名字防止人们的议论，用他的存在掩饰自己的丑行。如今，她在她的追求者们中间就像一只工蜂，穿梭于百花之间，遍采花粉花蜜。

"你看那座有宽阔柱廊和绝美拱门的房子，那是一个爱财如命、无限贪婪的男人的住宅。他有一位妻子，天生丽质，性情贤淑，集心灵美与形体美于一身，简直就像诗歌，既有韵律，又富内涵，仿佛她压根儿就是为爱情而生，又为爱情而死。然而她就像许多女孩子一样，在她尚未年满十八岁时，她的父亲便把腐朽婚姻的枷锁套在了她的脖子上。如今，她体态消瘦，就像蜂蜡一样，正在被禁锢的情感高温熔化；又像芬芳的气味，在暴风前渐而散失。她为一种可以感觉到但却看不到的美好东西耗尽了自己的爱，一心想拥抱死神，以便摆脱僵死的生活，从一个男人的奴役下解放出来。奴役她的就是她的那位丈夫，那个白天攒钱、夜里数钱的男人，而且咬牙切齿，咒骂娶了一个不育女人，痛惜妻子不能为他生个儿子，以使他的姓名传世，继承他的万贯家财……

"你再看看花园中那座孤零零的住宅，那是一位诗人的住所。那位诗人想象力丰富，思想高雅，属于浪漫主义一派。他有一位头脑简单、性情粗鲁的妻子：因为不解他的诗意，常常讥笑他的诗；因为他的作品奇妙，而遭到妻子的蔑视。如今，诗人抛开了她，爱上了另外一个已婚女子。那女子聪慧温柔，用自己的温情为诗人心中送去光明，用自己的微笑和目光启迪诗人吟出不朽诗句。"

说到这里，沃尔黛沉默片刻。她坐在窗旁，仿佛因心神漫游在那些宅院绣阁中已感到疲劳。稍息后，她又平心静气地说：

"我不愿意成为这些公馆的居民。我不希望将自己活活地埋在这些坟墓中。我摆脱了这些人的利益引诱，从他们的枷锁下挣扎了出来。这些人娶妻娶的只是肉体，扬弃的却是灵魂。在上帝面前，只有诽谤上帝的愚昧的人才会给他们说情。我现在不是责斥他们，而是同情、可怜他们；我不憎恶他们，而是恨他们屈从于口是心非、撒谎欺骗、恶意邪心。我之所以在你面前揭示他们的内心世界及生活秘密，并非因为我喜欢背后说人家的坏话，而是为了让你看看这些人的真实心理，因为我昔日也像他们一样，如今才得以解脱。我要向你说明这些人的生活，他们说尽了我的坏话；我虽然失去了他们的友谊，却赢得了自己，摆脱了他们那黑暗的欺骗之路，把眼睛转向了忠诚、真理与公正所在的光明之地。如今，他们把我赶出了他们的圈子，我感到由衷高兴。一个人之所以被驱逐，因为他的伟大灵魂背叛了暴虐与压迫。谁不选择被逐而甘心受奴役，就绝成不了自由人，享受不到自由的权利与义务。

"往日里，我就像一餐美味，当拉希德贝克感到需要进食时，他便接近我；但是，我们俩的心灵，却始终像两个低贱的仆人，彼此相距甚远。

"当我有了认识之时，我便厌恶了那种利用关系。我曾试图屈从于被人称为'命运'的东西，但我不能，因为我不甘心让自己的一生跪拜在黑暗世代树起的、被称为'法律'的可怕偶像前。于是，我打碎了桎梏，但并没有扔掉它，直到听到爱神在呼唤，并且看到心灵已准备上路。

"我像一个逃出监牢的俘虏一样，离开了拉希德·努阿曼的家，丢下了首饰、锦衣、奴婢和香车宝马，来到了我的爱人空无装饰但却充满精神情感的寒舍。我完全明白，我的所作所为都不外乎权利和义务允许的范围。因为苍天无意让我用自己的手折断自己的翅膀，倒在灰土上，用胳膊遮住自己的头，奄奄一息地说：'这就是我今生的命运！'苍天无意让我一生在长夜里痛苦地喊叫：'黎明何时到来？'而黎明到来时，我又说：'白天何时过去？'苍天不希望人不幸，因为它已把对幸福的追求植于人的心田，只有人得到幸福，上帝才感到光荣……

"尊贵的客人，这就是我的故事，这就是我在大地和苍天面前提出的抗议。我曾多次重复、吟唱，但人们却捂着耳朵，根本不听，因他们害怕引起他们灵魂的骚动，担忧动摇他们联盟的基础，将他们埋葬。

"这就是我走过的崎岖小道，终于到达了幸福的顶巅。假若死神现在就来擒我，我的灵魂会毫无畏惧地站在上帝宝座前，而且是满怀希望、兴高采烈地站在那里。我的良心已在最伟大的判官前摊展开来，露出了洁白如雪的内里。我的所作所为完全是服从了心灵的意愿，因为心灵是由上帝分离出来的；我的所作所为只不过追随了心的召唤和天使歌喉的回音。

"这就是我的故事，贝鲁特居民将其看作生活口中的咒骂对象和社会肌体中的疾病。不过，当岁月唤醒他们黑暗心中的爱情，就像太阳催开了从布满腐尸的土中长出来的百花时，他们定会后悔。那时，过路人会在我的墓旁驻足，向我的坟墓致敬，说：'沃尔黛·哈妮长眠此处。她的情感从人间的腐朽教规的奴役下解脱出来,以便按照崇高的爱情法律生活。她把自己的目光转向了太阳,以免看到自己的身影投落在骷髅与荆棘之间。'"

沃尔黛太太的话音刚落,门便开了,进来一个体态稍瘦、容貌英俊的青年,两眼中透出迷人的目光,唇间绽出温柔的微笑。沃尔黛站起来,亲切地搀住青年的胳膊,先呼唤我的名字,并在名后加上一个文雅的尊称,然后向我介绍了那位青年的名字,别有含义的目光已经表明了那位青年的身份。我立即悟出了正是为了那位青年,沃尔黛·哈妮背弃了这个世界,叛逆了那些教律和传统。

之后,我们都坐了下来,谁也不吱声,均希望听听他人的意见。一分钟过去了,那一分钟充满着使心灵向往天国的寂静,那是死一般的沉寂。我望着并排坐着的他俩,看到了从未看到的景象,我一下便知道了沃尔黛太太故事的内涵,晓得了她向社会机构提出抗议的秘密;那社会从不询问人们反叛的原因,便残酷地压迫违犯它的法律的人们。我看到出现在我面前的是一颗天启的灵魂,居于两个青年焕发、协调一致的躯体之中,爱神站在二者之间,展开翅膀,保护二者免遭人们的责备和咒骂。我从那两张透明的、被忠诚照亮和被纯洁包围着的脸上看到了相互理解的光芒。我生平第一次发现,幸福的幻影竖立在被宗教鄙视、为法律所弃绝的一男一女之间。

过了一会儿,我站起身来,向二人告别,不用话语已表述了我内心的激动之情。我走出那座被情感化为爱情与和谐圣殿的简陋房舍,来到沃尔黛太太向我揭示了内幕的那些公馆豪宅中间,边走边回想沃尔黛的那些谈话及话语间包含的道理与结论。

可是，我刚刚走到那个住宅区的边沿，便想起了拉希德·努阿曼贝克，他那绝望不幸的苦闷影像立即出现在我的眼前。我暗自心想：贝克是不幸的。但是，如果他站在苍天面前诉苦报冤，控告沃尔黛·哈妮，苍天会听他的吗？沃尔黛追求心灵自由，离开了拉希德；拉希德在沃尔黛的灵魂还未倾向于爱情之时，他便用结婚征服了她的肉体……究竟是谁触犯了谁呢？究竟是沃尔黛对拉希德犯下了罪，还是相反呢？这二者，究竟谁是暴虐者，谁是受虐待的人呢？谁是罪犯，谁又是无辜的呢？

我仔细思考了近日听到的消息，反复琢磨近日发生的事件，又暗自思忖：自鸣得意常常使女人抛弃自己的贫苦丈夫，而去攀富人，因为女人贪恋锦衣华饰和舒适生活，致使她们的盲目把她们引入耻辱与堕落的泥坑。沃尔黛·哈妮是从一个富人的邸宅里走出来的，那里衣锦饰华，金银成山，奴婢成群，而她却走进了一个穷苦青年的茅舍，那里除了一排古书，什么也没有……难道她也是个自鸣得意的女人？愚昧常常泯灭女人的尊严，激活她的私欲，于是心烦意乱地抛下自己的丈夫，去找比她更低贱、更无耻的男人，以求满足肉体的欲望。莫非沃尔黛·哈妮当着许多证人的面宣布与丈夫脱离夫妻关系，走向一个灵魂高尚的青年，能说她是愚蠢的女子，是贪图肉欲的女子？沃尔黛·哈妮不是本来可以在她那位丈夫的家中，与那些爱恋她的、愿意成为她的艳色奴隶和为她的爱情而牺牲的青年们幽会，以满足她的肉欲吗？沃尔黛·哈妮本是个不幸的女子，她追求幸福，且得到、拥抱了幸福。这就是人类社会所蔑视的事实，也是法律不愿接受的现实。

我对广宇耳语了这些话语,然后又修正道:"可是,一个女人用丈夫的不幸换取自己的幸福,这合适吗?"我的内心回答说:"一个男人为了自己的幸福而奴役妻子的情感,这能容许吗?"

我一直走到城郊,沃尔黛太太的声音一直响在我的耳边。夕阳西下,田野、园林开始披上寂静、舒展的轻纱,鸟儿唱起婚礼颂歌。

我停下脚步,仔细观察,然后叹了一口气,说:

"在自由女神宝座前,万木欢乐地嬉戏着微微惠风;在自由女神的威严面前,万木为阳光和月华而感到高兴。百鸟凑近自由女神的耳朵低声细语;在溪水旁边,围绕着自由女神的裙尾拍翅飞舞。在自由女神的天空中,百花挥洒自己的芳香;在自由女神的眼前,百花笑迎晨光降临。大地上的一切都依靠自己的自然法则生活着,又从自己的法则之中,吸取自由女神的荣光和欢乐。至于人类,则无缘获得这种恩惠,因为他们为自己的神性灵魂制定了狭窄的教规,为他们的肉体和心灵制定了一条严酷的法律,为他们的爱好、情感建造了可怕的狭小监狱,为他们的心智挖了一个深深的黑暗坟墓。如果某一个人从他们当中站立起来,脱离他们的群体和法规,他们就会说:'这个可恶的叛徒,应该放逐,这是个下贱的堕落分子,理当处死……'但是,一个人应永远做腐朽法规的奴隶,还是应该得到日月的解放,用灵魂为灵魂而活着呢?究竟一个人应该永远凝视着地面,还是应该把目光转向太阳,以便不再看自己的身体落在荆棘和骷髅之间的影子呢?"

坟墓呐喊

一

头领端坐在主审席上，国家的智士们分坐在左右两厢，他们那皱巴巴的脸面恰似圣书和经典著作的封皮。武士们肃立在左右，一个个手握着宝剑和长矛。头领的面前站着许许多多人，有的是出于好看热闹的习惯来观看的，有的是等待亲人犯罪的判决结果的，他们全都低着头，垂目示敬，屏着呼吸，仿佛头领的双目中有一种力量，足以使他们的心灵中产生一种恐惧感。

审判团的成员终于到齐，最后判决的时辰已到，头领举起手，大声喊道：

"把犯人一个一个地带到我的面前，一一分述他们的罪过！"

牢门打开了，黑乎乎的牢墙显露出来，简直就像猛兽打哈欠时露出的喉咙。继而传来脚镣手铐的哗啦哗啦响声，同时夹杂着囚犯们的呻吟和哭泣声。

在场的人们一齐把目光转过去，人人伸着脖子，仿佛想用他们的视力抢在法律前面，一睹从那座坟墓的深处出来的死神的猎物。

片刻后，两个士兵带着一个青年走出牢门，但见青年双臂被反绑着，而他那惆怅的脸和忧郁的面容上却透出心灵的尊严和内在的力量。

两个士兵将青年带到法庭中间，然后后退了一步。头领凝视了那青年一分钟光景，开口问道：

"这个人高昂着头站在我们面前，好像很豪迈，根本不在被审地位。他犯的是什么罪呀？"

一个助手回答说：

"他是个凶恶的杀人犯。昨天，阁下的一位下级军官去乡村执行任务时，他阻止军官们例行公务，并将军官杀死。当他被捕时，他手中还握着沾有死者鲜血的宝剑。"

头领大怒，在座位上动了动，两眼里射出痛恨的光箭，高声喊道：

"把他押回黑牢，砸上重镣。明天黎明时分，用他那把剑割下他的首级，然后将他的尸体丢到旷野上，让猛禽啄食，让风把他的恶臭吹到他的亲朋好友鼻子里去！"

士兵将青年送回监牢，人们用惋惜的目光目送青年走去，同时发出深深的叹息声。因青年正值青春妙龄，容颜俊秀，身体强健。

两个士兵又从监牢里带出一位面容俊美、形体苗条的女子。但她满脸带着失望、憔悴神色，眼含泪水，似乎脖子也已经被后悔、忧郁情绪压弯。

头领望着女子说：

"眼前这个瘦弱女子就像站在尸体旁边的影子一样站着，她犯了什么事？"

一士兵回答道：

"她是个娼妇。一天夜里，她的丈夫突然回到家中，发现她正在情夫的怀里，那情夫惊逃而去，她的丈夫便把她交给了警察。"

头领凝视着那女子，只见那女子害羞地低下了头。首领声色严厉地说：

"把她押回黑牢，将她平放在荆棘床上，叫她回忆一下被她自己的罪恶玷污的床铺，再用掺着苦瓜汁的醋灌她，让她想想非法亲吻的滋味。天亮时，把她赤身裸体拖到城外，用乱石将她击死，把尸体丢在那里，让群狼吞食她的肉，让虫蚁啃她的骨头！"

在场的人们目送女子被带入黑暗监牢。敬佩首领判决公正的同时，深深惋惜女子那愁容之美和痛苦神色的温柔。

两个士兵第三次出现时，押着一个瘦弱的中年人，他那颤抖的双腿简直就像破衣服里边耷拉下来的两根布条子。他惊恐地四下张望，痛苦的眼神里透出失望、愁苦和不幸的影像。

头领望着中年人，用厌恶的口气说：

"这个死人似的站在活人中间的家伙犯了什么罪？"

一个士兵应声答道：

"他是个盗贼，夜入修道院行窃时，被修道士们抓住，发现他衣服里藏着祭坛上摆放的圣器。"

头领像饥饿的苍鹰望着折断翅膀的麻雀一样，厉声喝道：

"把他打入黑牢底，加上镣铐。天明时，将他拖到一棵高树下，用亚麻绳把他绞死，悬其尸在天地之间，让各种因素把他那罪恶的手指化为粉末，让风神将他的尸体各部分扬作灰尘。"

他们把小偷押回牢里，众人相互耳语道：

"这个瘦弱的叛教徒怎敢偷窃修道院里的圣器呢？"

头领走下主审席，众智士和律师们紧跟其后，兵士们前呼后拥，旁听者们相继散去。一时间，那里空余囚徒们和绝望者们的哀叹；

那声音左右摆动，活像映在墙上的幻影。

所有这一切发生之时，我一直站在那里，像一面镜子似的站着，所有行动着的人影都映入镜中。我思考着人为人制定的法律，沉思着被人们称为公正的东西，探索着生活的奥秘，寻觅着存在的意义，直至我的思想像晚霞被雾霭遮掩之时，我才离开了那个地方。我边走边自言自语：

"青草吮吸土中的养分，羊吃青草，狼捕食羊，独角兽杀死狼，猛狮猎捕独角兽，死神最后收拾猛狮，是否有一种力量能战胜死神，使这一系列的不义变成永久的公道呢？有没有一种力量能把这所有恶缘转化为善果呢？有没有一种力量能用自己的手掌抓住生活的所有因素，微笑着将之抱入怀里，就像大海唱着歌将百川纳入自己的腹中？有没有一种力量能在比头领法庭更高洁的法庭面前制止杀人犯与被杀者、淫妇与情妇、盗贼与被盗者的出现与产生？"

二

第二天，我走出城市，漫步在田野上。那里一片宁静，令人身心快慰；天空的净洁杀死了狭窄街道和阴暗房舍产生出来的失意与绝望的毒菌。

当我行至山谷口时，放眼望去，只见一群群苍鹰和乌鸦时飞时落，整个空中充满了它们的鸣叫与拍翅声。我往前走了几步，抬眼一看，忽发现一具男尸挂在一棵高高的树上，又见一具赤身裸体的女尸躺在石头中间，一看便知那女子是死在那些乱石的击打中，还看见一青年的无头尸体躺在鲜血染红的土地上。

眼见这可怕场景,我立即停下脚步,只觉得眼前一片漆黑。一时之间,我能看到的只有可怕的死神的幻影矗立在沾满鲜血的尸体中间;我能听到的只有虚无的哀号掺杂着盘旋在人类法律猎物周围的乌鸦的凄凉叫声。

三个人昨天还在生活的怀抱中,今天却落入了死神掌里。

三个人以人的常规伤害了法规,于是盲目的法律伸出手将他们残杀。

三个人被愚昧判为罪犯,因他们是弱者;法律置他们于死地,因为法律强大。

一个人杀死了一个人,人们说:"这是个罪恶的杀人犯。"头领杀死了一个人,人们说:"这是一位公正的首领。"

一个人想抢修道院的一点东西,人们说:"这是个可恶的盗贼。"头领夺去他的生命,人们说:"这是一位杰出的首领。"

一个女人背弃了她的丈夫,人们说:"她是个淫妇。"可是当首领下令将她赤身裸体带走,当众用石头击死她时,人们却说:"这是一位尊贵的首领。"

杀人是非法的,可是,谁使头领杀人成为合法的呢?

抢夺钱财是罪恶,可是,谁又使夺取灵魂成为美德呢?

女人的背叛是丑行,可是,谁又使用石头击死肉体成为德行呢?

难道用更大的邪恶惩罚邪恶,我们就说这是教律?用更普遍的腐败惩治腐败,我们就说这是法律?用更大的罪恶惩罚罪恶,我们就大声呼叫这就是公正?

叛逆的灵魂

莫非头领生平中没有杀死过敌人？没有抢夺过弱小臣民的钱财或房产？未曾调戏过妇女？莫非一个犯了多项罪而备受保护的人，却有权处决杀人犯、绞死小偷、石击淫妇？

是谁把这个盗贼吊在了树上？是天上下凡的天使，还是无处不抢不偷的凡人？

是谁割下了杀人犯的首级？是上苍下临的先知，还是到处杀人饮血的大兵？

是谁用乱石击死了这个淫妇？是从禅房来的纯洁修士，还是借夜幕隐身，无恶不作的肮脏痞子？

教律——何为教律？谁曾看见它与太阳一道从九天降下？哪个人曾见过上帝之心，并能知道它对人类有何希冀？哪一代人曾与天使一道走在众人之间，并且说，禁止弱者享受生活的光明，用利剑残杀淫妇，用铁蹄狠踏罪犯？

这些想法在我的脑海里此拥彼挤，令我的情感跌宕起伏，直至听到脚步声缓缓向我走近。我抬头一看，忽见一位姑娘出现在树木之间，正在小心翼翼地走近那三具尸体，害怕得不时四下观望。当她看见那被砍下的青年首级时，一声惊叫，随后跪在旁边，用颤抖的前臂抱住那首级，泪水簌簌下落，用指尖抚摸着那卷曲的头发，用发自肺腑的伤感声音哭了起来。当她哭到精疲力竭、悲伤难耐之时，便开始迅速用手挖起土来。时隔不久，一个宽大的坑挖成了，然后姑娘把青年的尸体拖入坑中，慢慢伸展，又将他那沾满血的首级放在两臂之间，用土掩埋好，遂把割下青年首级的那把剑插在坟上。

当姑娘正要离去时，我向她走去。姑娘一惊，害怕地周身战栗，然后低下头去，热泪似雨水夺眶而出，簌簌下落。她叹了口气，说：

"你如愿意，可以到头领那里去告发我。我就是死了，追随把我从耻辱中拯救出来的人而去，也比让他的尸体被猛禽吃掉要好。"

我回答她说：

"可怜的姑娘，你别害怕！我在你之前，就为你的心上人的厄运而痛苦过。请告诉我，他是怎样把你从耻辱中拯救出来的吧！"

她哽咽地说：

"头领的一个军官来到我们家田地收土地税，一看见我，便用可怕的贪色目光盯上了我，随口为我贫困父亲的土地加上了连富人都缴纳不起的重税。我父亲缴不起税，那个军官便抓住我，强行把我带到了头领的豪宅，以便顶替金银。我流着泪求头领可怜可怜我，头领理都不理；我求他怜悯我父亲年迈体弱，他根本无怜悯之意；我大声向村上人求救，终于来了一个青年。那青年便是我的未婚夫，是他把我从那些酷吏手中救出来的。那个军官大怒，想杀我的未婚夫，我的未婚夫抢先一步，手疾眼快，抽出挂在墙上的一口宝剑，一方面为了自卫，另一方面为了保护我的贞节，手起剑落，使那军官一命呜呼。我的未婚夫性情豪爽，他没有像杀了人的罪犯一样逃跑，而是一动不动站在那个暴虐军官尸体的旁边，直到大兵们来给他加上镣铐，将他投入监牢之中。"

她说罢，望着我，那目光足以使心熔化，激起无限惆怅。旋即，她快步离去，而她那令人深感痛苦的话音依然响在天空，足令天地为之而颤抖震动。

片刻刚过，我定睛望去，只见一个正值青春妙龄的青年用衣服

叛逆的灵魂　069

蒙着脸走来。当他来到那个淫妇尸体旁时站了下来,立即脱下自己的斗篷,将女人那赤身盖上,然后用随身带的匕首挖起土来。之后,他把女尸稳稳地抱入挖好的坑里,用土掩埋,只见他的每捧土都和着他的泪滴而落在坟土上。埋好尸首后,他采了些鲜花,低着头,垂着目光,将鲜花插在坟上。

当青年想离去时,我急忙上前叫住他,说道:

"你与这失足女子有何关系,致使你违背头领的意志,冒生命危险来掩埋她的尸体,以免被天上飞来的猛禽啄食?"

青年望着我,他那因哭泣和熬夜而红肿了的眼睛在叙说着他由衷的苦闷与烦恼。他用哽咽且伴随着痛苦叹息的声音说:

"她就是因为我而遭石击丧命的。还是在我们年纪幼小一块玩耍的时候,我就爱上了她,她也爱上了我。我们渐渐长大,爱情也与日俱增,终于成了我们的强大主神:我们用我们俩心中的情感为之效力,他将我们吸引向他;我们向他吐露我们灵魂中的秘密,他把我们搂在他的怀里。

"有一天,我不在城里,她的父亲强行将她嫁给了一个她讨厌的男人。我回到城里,听到这个消息,我的白天一下变成了漫长的漆黑之夜,我的生活变成了痛苦不断的争执。我一直压抑着自己的情感,克制着自己心灵的偏向,终于征服了自己。我的情感引导着我,就像明眼人领着盲人一样,于是偷偷去看我的意中人。我的最大愿望是看看她的目光,听听她那歌唱一般的声音。到了她那里一看,发现她正独自一人为自己的命运和岁月而悲痛泣泪。我坐下来,寂静是我们的谈话,美德是我们的第三者。一个时辰未过,她的丈夫突然闯了进来。他一看见我，我便觉察到他的肮脏意图。他用他那粗暴的手掌抓住她那光滑的脖子，高声大喊道：'都来呀，都来看这淫妇奸夫！'邻居闻声赶来，随后大兵来问情况，她的丈夫将她交到大兵手里；大兵们把她带走时，她披头散发，衣服被撕得破破烂烂。不过，没有人伤害我，因为盲目的教法和腐朽的传统只惩罚堕落的女人，而男子却在被宽容之列。"

说罢，青年用衣服蒙着面向城里走去，我则一直站在那里，边张望，边沉思，边叹气。

我发现每当风摇动树枝时，那个被绞死的盗贼的尸体就微微颤抖一阵，仿佛在用它的颤动乞求天上灵魂怜悯，以便将它放下来，平躺在大地胸膛上，与死于仗义的青年和为爱情殉难的女子为邻。

一个时辰过后，一位形体瘦弱的妇女出现了，只见她衣衫褴褛，站在被绞死的那个人的尸体旁边，捶胸顿足，哭个不止。片刻后，她爬上树去，用牙咬断麻绳，尸体像破衣服一样摔在地上。妇女从树上下来，在两座坟墓旁挖了个坟坑，将尸体掩埋。随后，她拿出两块木板做成十字架，插在坟头上。当她转脸正要朝来的方向走去时，我喊住了她，问道：

"妇道人家，你为何要来掩埋这个死去的盗贼呢？"

她用深陷的、被忧愁不幸阴影染黑了眼圈的眼睛望着我，说：

"他是我的好丈夫，恩爱的伴侣，孩子的父亲。五个孩子都在挨饿，最大的八岁，最小的尚未断奶……我的丈夫不是盗贼，是个为修道院耕种土地的农夫。他为他们耕耘、收割，却只能从修道士们那里得到一张面饼，晚上分着吃，连一口都剩不到清晨……"

她继续说：

"我丈夫打年轻时就用汗水灌溉修道院的土地，用双手为修道院的田园耕耘播种。劳作的岁月夺走了他的力量，当体弱疾病缠身之时，他们便将他赶出来，并且说：'修道院不需要你了，你现在就走吧！你的儿子长大成人时，你派他们来替你耕田吧！'他哭了，我也哭了。他以耶稣的圣名求他们怜悯，又要求他们看在天使和使徒的面上开恩，但他们没有可怜他，没有对他和我以及我们那赤身裸体、饥肠辘辘的孩子表示丝毫同情。我丈夫无奈到城里去找工作，结果被赶了回来，因为住在高楼官殿里的人们只使用身强力壮的年轻人。后来，他不得已坐在路口乞讨，却不见一个人向他行善，从他面前走过的人反倒说：'不能向懒惰成性的人施舍！'

"一天夜里，我们家里什么吃的东西都没有，孩子饿得直在地上打滚儿，吃奶的孩子使劲地吮吸我的奶头也吸不出奶汁，我的丈夫面色都变了，趁黑夜进到修道院储藏粮食和葡萄酒的地下室，扛了一袋面粉，转身就要回家，但是，他刚走了几步，修道士们便醒了，跑来将他抓住，一阵痛打辱骂。天亮后，他们将他交给了大兵，并且说：'这是个可恶的盗贼。他来修道院要偷修道院的金器。'大兵们把他押入监牢，然后将他绞死。他曾为修道院当耕夫，因为他想用自己辛辛苦苦收获来的一点剩余粮食充孩子们的饥腹，所以那些大兵们要让鹰鹫啄食他的尸首。"

那位贫家妇女离去了，但她那断断续续的话语留下来的痛苦阴影升腾直上，迅速蔓延到四面八方，就像无数根烟柱，在风神的戏动下缥缈不定，漫天飞舞。

　　　　　＊　　＊　　＊

　　我像一个凭吊者一样站在三座坟墓之间，周身战栗，怨恨满腹却张口结舌，泪水簌簌下落述说着内心情感。

　　我很想深思一番，但我的心灵却不允许我思考。因为心灵像花，面对黑暗收拢花瓣，绝不把芬芳气息给予夜的幻影。

　　我站在那里，冤屈的呐喊声就像雾霭从山谷里溢出一样从那些坟墓的土里涌出来，萦绕在我的耳边，久久不散，启示我发话。

　　我站在那里，一声不吭。假若人们明白那寂静所说的那些话，那么，他们一定要接近天主，而不是更近于林中猛兽。

　　我站在那里，不住地叹息。假若我叹息的火焰能触及田野上的树木，它们定会动起来，离开原地，一营一营地前进，用它们的枝条狠抽头领及其兵士，用它们的树干捣毁修道院的墙，砸死那些修道士。

　　我站在那里观望，同情的甘甜与悲痛的苦涩随着我的目光倾倒在那几座新坟上。

　　那是一位青年的坟墓。那位青年用自己的生命维护了柔弱姑娘的尊严，将姑娘从野狼爪下拯救出来。他们割下了他的首级，作为他的勇敢的报偿。那位姑娘将青年的宝剑插在青年的坟上，让其作为永存的标志，在太阳面前叙说在这个暴虐、愚昧的国度里英勇气概的命运。

　　另一座是一位女子的坟墓。贪婪者未霸占她的身体时，爱神已抚摸了她的心灵。她之所以被乱石击死，因为她的心至死忠诚。她的意中人从田野上采来一束鲜花放在她那尸体上，用它那缓慢的凋谢和干枯，在那被物质蒙上眼睛、被愚昧弄哑口舌的民众中，述说着被爱神奉为神圣的心灵的命运。

第三座是一个穷苦人的坟墓。修道院的土地吞食尽了他的臂力，修道士们把他驱逐，以他的手臂取而代之。他想用劳动为孩子们换取面饼，但他找不到活儿干。他去路口为孩子们乞讨，没有人肯向他施舍。绝望推动他去取回一点点用他的辛苦和额头汗水换来的粮食，却被修道士们抓住，并将他处死。他的遗孀把十字架插在他的坟上，以便静夜之中向天上的繁星证明修道士们的不义与暴虐；正是那些修道士把拿撒勒人耶稣的教诲变成了他们用来杀人的利剑，并用利刃砍剁可怜人与弱者的躯体。

那时，夕阳隐藏在了晚霞之后，仿佛看厌了人间的疾苦和人类的暴虐。暮色开始用阴影寂静编织薄纱，以便蒙在大自然的躯体上。我抬眼望着天空，把双手摊展开来，伸向坟墓上的标志，然后大声喊道：

"勇敢之神啊，这是你的宝剑，已被插入土中！爱情之神啊，这是你的鲜花，烈火已使之凋零！耶稣基督啊，这是你的十字架，夜之黑暗已将之掩映！"

新婚的床 ❶

明灯和蜡烛在前面引路,在贺喜的人们簇拥下,新郎新娘走出教堂。走在二位新人周围的青年们唱着流行小调,姑娘们吟唱着欢乐的歌。

队伍来到新郎的住宅,但见装饰一新,地上满铺华美地毯,各种器皿闪闪发光,奇花异草香气扑鼻。一对新人坐上一张高椅,宾客们坐在丝毯和铺着天鹅绒的长椅上。时隔不久,宽敞的喜堂内座无虚席,满满当当。仆人们往返穿梭,为客人们送茶添水,杯盏声与欢呼声此起彼伏,热闹非常。过了一会儿,乐师们来了。他们刚刚坐下,便以他们的神秘气质使人们心神微醉;继之,他们用四弦琴的低语、芦笛的叹息和铃鼓的响声编织的乐曲使人们快慰怡然。

姑娘们站起来,和着乐曲翩翩起舞,像柔软的树枝条随着微风摇曳;她们那光滑的衣褶裙尾左右翻飞,就像月光戏动下的白云。众人的目光一齐投向她们,纷纷向她们点头示意;青年们用自己的灵魂拥抱她们;因为她们风姿绰约,老年人的坚毅也为之动摇。众人酒兴大增,开怀畅饮。喜堂活跃起来,声音渐高,自由占据了上风。庄重悄悄隐去,控制力渐而减退,心神中如同火烧,心跳陡然加速,

---

❶ 故事发生在十九世纪下半叶黎巴嫩北方。将故事讲给你我听的那位当地女子便是故事中的人物之一。——原注

大厅里的一切都像断了弦的吉他一样，落在一位无形无影的仙女手中，只见她玉指飞舞，狂击余弦，弹奏出介于和谐与噪音之间的乐声；这边，一个青年正在向一个姿色迷人的姑娘倾吐自己爱情的秘密；那里，一个小伙子为了与一个妙龄少女搭话，正在自己的记忆里搜寻最甜美的字眼儿；这里，一个中年人开怀畅饮，一盏接着一盏，一再要求歌手唱一支能够勾起他对昔日爱情甜润回忆的歌曲；那边，一个女子挤眉弄眼向一男子暗送秋波；那边一个角落里，一位鬓发斑白的夫人笑眯眯地瞅着姑娘们，想从中为自己的爱子挑选一位新娘；窗子的附近，有一个有夫之妇趁醉意朦胧之时，悄悄靠近情夫的身边……人们无不沉醉在极大的欢乐之中，尽情地享受着美妙时光。他们好像将昨日的不快完全抛在了脑后，仿佛也不去考虑明天会发生什么事情，全心采摘今日的甜美果实。

这一切发生之时，美丽的新娘用痛苦失神的双眼望着这场面，就像绝望的俘虏望着监牢那黑洞洞的墙壁。她不时地朝喜堂里的一个角落望着，那里坐着一位二十岁的青年，远远离开欢乐的人们，活像受伤的鸟儿远离了鸟群。但见那位青年双臂合十于胸前，仿佛护着自己的心，唯恐它从自己的胸膛里逃出去；与此同时，他的二目凝视着大厅顶下一种无形的什么东西，好像他的精神自我已经脱离了他的感官，跟着黑暗的幽灵遨游在天空中。

夜半时分，喜堂内欢声鼎沸，人们的欢乐情绪达到了高潮。酒过三巡，个个醉意熏熏，人人舌头觉短。新郎官原地站起来，但见那是个中年人，面皮粗糙，醉态显而易见，摇摇晃晃地走在宾客们中间，故作文雅姿态。

就在那时，新娘子示意一位姑娘走近自己。那位姑娘立即走去，坐在新娘子身边。新娘子朝四下扫视了一圈，就像一个焦躁不安的人要透露一项重大秘密似的，用颤抖的声音对姑娘耳语道：

"好朋友，我要你以自幼拥抱你我心灵的情感起誓；我要你以你此生中最珍贵的东西起誓；我要你以你心中的秘密起誓；我要你以抚摸我们灵魂并把它化为光芒的爱起誓；我要你以你心中的快乐和我心中的痛苦起誓。我要你现在就去赛里姆那里，让他悄悄去花园，到柳树林中等我。苏珊呀，请你代我求他答应我的要求。请你代我求他回想一下过去的岁月，以爱情的名义乞求他，并告诉他说，他的意中人是个不幸的盲目人；请你告诉他，她是个濒临死亡的人，期望自己被黑暗吞噬之前，向他敞开自己的心扉；请你告诉他，她是个快死的不幸者，希望自己被地狱之火抢去之前，看一看他眼中的光明；请你对他说，她错了，她想承认自己的罪过，祈求他的原谅。苏珊，你快点去，代我当面向他恳求。你不要害怕这些猪猡的监视！因为酒已塞住了他们的耳朵，已使他们的眼睛看不见一切。"

苏珊站起来，离开新娘身边，走去坐在赛里姆的旁边；此时此刻，赛里姆独自坐在那里，伤心不已。苏珊把好朋友说的那些话低声对着赛里姆的耳朵说了一遍，温情与忠诚的表情显而易见地绽现在她的脸上。赛里姆低着头留心聆听，未曾答一句话。

苏珊说完，赛里姆望着她，就像一个干渴的人看到苍穹降下来的水杯。他用在苏珊看来像是从大地深处传来的低声回答道：

"我这就去花园，到柳树林里等她。"

话音未落，赛里姆站起身来，转脸向花园走去。

未过几分钟，新娘子站起身来，偷偷溜了出来。她穿过被葡萄酒灌得酩酊大醉的男宾中间，走过把目光倾注在小伙子身上的妇女面前。当她来到已披上夜幕的花园时，朝身后瞟了一眼，就像惊惶逃出狼口的羚羊一样，快步向意中人站立的柳树林中走去。

苏珊只见新娘来到赛里姆身边，一头扑到他的怀里，双臂紧紧抱住了他的脖子，凝视着他的双眼，言词自双唇间吐出，同时泪水夺眶而出，边哭边说：

"亲爱的，你听我说！好好听我说！我多么后悔我的愚昧与匆忙！赛里姆，我后悔呀！后悔使我肝胆俱裂！我爱你，我只爱你！我爱你到生命终结，有人告诉我，你把我忘了，抛弃了我，爱上了别人。人们告诉了我这一切，赛里姆！他们的话使我心碎，他们的指甲撕裂了我的胸膛。他们的谎言充满了我的心灵。奈吉白对我说，你忘掉了我，你厌弃了我，你恋上了她。那个可恶的女人欺负了我，企图破坏我的情感，好让我甘心情愿地嫁给她的一个亲戚，我却答应了。赛里姆啊，只有你才能成为我的新郎。

"现在，现在，我眼上的遮眼布已被揭去，于是来到了你这里。我已从这个家里出来，我再也不回去了。我来就是要搂住你；在这个世界上，没有任何力量能够把我拉回我被强迫嫁给的那个男人的怀里去。我已离开了谎言为我选作丈夫的那个新郎，抛弃了天命树为我的主宰的父亲，丢掉了神父编织的花环，弃绝了奉为枷锁的法律。我舍弃了这个醉生梦死、放荡不羁之家的一切，以便跟着你远走高飞，到最远的地方去，到天涯海角去，到仙人住的地方去，到死神控制的地方去。来呀，赛里姆，我们赶紧趁着夜色离开这里吧！我们去海岸，登上大船，让它载着我们到遥远的不为人知的地方去吧！来呀，我们现在就走，天还未亮，我们就到安全挣脱敌人之手的地方。你看哪，这些金首饰、项链和戒指以及这些宝石，足够我们将来花用，足以保证我们像王公贵族那样生活……赛里姆，你为什么不说话呀？你为什么不看我呢？你为什么不亲吻我呢？你听到我的心在呐喊、我的心灵在哭泣吗？难道你不相信我已弃离了我的新郎、父亲、母亲，穿着新娘的婚纱来到你这里，要同你一起私奔吗？你说话呀，或者我们赶快动身，要知道，这时刻较之钻石和皇冠更加贵重啊！"

新娘诉说着，话音里有一种和声，比生命的低语更甜润，比死亡的号丧更苦涩，比翅膀的拍击声更柔和，比浪涛的呻吟声更深沉。那和声起伏跳动在失望与希望、甜蜜与痛苦、欢乐与悲哀之间，其中包含了一位女性的全部希冀与情感。

青年一直听着，爱情与体面正在他的心灵中进行着搏斗：那爱情，能使崎岖化为平原，使黑暗化为光明；那体面却站在他的心灵面前，阻止他实现自己的意愿。那爱情本由上帝降在人的心田；那体面却由人类的传统注入人的大脑间。

一阵可怕的沉默，酷似各民族在复兴与泯灭之间挣扎、摇晃的漫长黑暗时代。这一阵可怕的沉默之后，青年抬起头来，心灵里的体面感终于压倒了意愿，目光移开那位在恐惧中等待的姑娘，平心静气、从容不迫地说：

"女子啊，事情既已定局，苏醒已经抹去梦幻描绘的景象，你就回你的新郎怀抱中去吧！趁人们还没有发现你的行踪，你快快回到喜堂里去吧！免得人家说，新婚之夜，新娘背叛新郎就像往日一样背叛自己的恋人。"

听青年这样一说，新娘子周身战栗，就像凋零的花儿在风中摇摇摆摆。片刻后，新娘难过地说：

"只要我还有一口气，我就不回这个家中。我已经永远离开了那里。我离开了那个家及那里的人，就像俘虏离开了流放之地。你不要让我远离你，你不要说我是个叛逆的女人。因为爱神之手已把我的灵魂与你的灵魂糅在一起；爱神之手要比神父之手强有力得多，尽管它把我的肉体交付给了新郎的意愿。看哪，我双臂搂着你的脖子，任何力量都无法松解；我的心灵已经紧紧贴着你的心灵，即使死神也无计将二者分开。"

赛里姆故作厌恶的样子，试图挣脱姑娘的双臂，并且说：

"女子啊，你离我远点儿吧！我已把你忘掉，是的，我已忘掉了你，厌弃了你，而且已爱上了别人。人们说的那些话是对的。你听见我说什么了吗？我已把你忘光，甚至忘记了你的存在。我讨厌你，甚至不想看到你。你离我远一点儿，让我走自己的路吧！你还是回你的新郎那里去，做他的忠实的妻子吧！"

姑娘悲痛地说：

"不，我不相信你的话。你爱我，我从你的双目中看到了爱的光芒；我抚摩你的身躯时，感受到了爱的冲动。你爱我，就像我一样爱你。我绝不离开这个地方，一直待在你的身旁。我到这里来，就是为了跟你一起去另一个地方。你在我前面领路，举起你的手，挥洒我的血吧！"

赛里姆提高声音说：

"女人啊，放开我吧！如若不然，我要大声喊叫了。我要把应邀出席你们结婚典礼的人们全叫到这座花园里来，让他们看看你的低贱耻辱，把你化为他们口中的一口苦饭，把你变成他们谈论的丑恶笑柄。我还将把我心爱的奈吉白叫来，让她戏弄、讥笑你，欢庆她的胜利，奚落你的失败。"

青年说着，抓住新娘的胳膊，将她推开。这时，新娘面色顿改，两眼闪光，乞怜、恳求、痛苦的表情化为愤怒和严酷，活像一头失去幼崽的母狮，或似内部刮起飓风的大海，大声喊道：

"在我之后，谁还会享受你的爱情？除了我的心，哪颗心还会醉吻你的双唇！"

说着，只见她从衣褶里拔出一把锋利的匕首，闪电般的插进赛里姆的胸膛。

顷刻之间，赛里姆像暴风摧折的树枝一样，瘫倒在了地上。新娘一下扑在赛里姆的身上，手里拿着的匕首还在滴着鲜血。

赛里姆睁开蒙着死亡阴影的双眼，嘴唇颤抖着，伴着微弱的气息，说了这么几句话：

"亲爱的，现在，靠近我一些。莱伊拉，靠近我呀，不要离开我。生命比死亡柔弱；死亡比爱情柔弱。你听，你听啊，人们在为你的婚礼开怀放声大笑。你听啊，亲爱的，他们手中的杯盏在铿锵作响。莱伊拉，你救了我，使我免遭这些大笑声的折磨，免于饮下那铿锵杯盏里的苦酒。让我亲吻一下砸碎了我的桎梏的手吧！请你亲吻一下我的双唇。我这双唇故意撒谎，强忍我心中秘密，请你吻一吻吧！请你用你那沾了我的鲜血的手指合上我这疲惫的眼帘吧！当我的灵魂飞上太空时，请你把这把匕首放在我的右手里，并且对人

叛逆的灵魂　　081

们说：'他出于绝望和嫉妒而自杀了。'莱伊拉，我爱你，我只爱你。但是，在我看来，牺牲我的心、我的幸福和我的生命，要比在你新婚之夜带着你逃走好。亲爱的，趁人们未看见我的尸体，你亲吻亲吻我吧……亲吻我，莱伊拉，亲亲我，莱伊拉。"

他把自己的手放在被刺穿的心上，脖子一歪，灵魂飞上了太空！

新娘抬起头来，望着那座华美住宅，高声喊道：

"来吧！众人们，你们快来吧！婚礼在这里举行，这就是新郎！快来吧，我让你们看看我们舒适的新婚之床。熟睡的人们，你们醒一醒吧！醉汉们，你们醒醒酒吧！快来呀，我让你们看一看爱情、死亡和生命的秘密。"

新娘的呐喊声传遍那座华美住宅的角角落落，欢庆的宾客听到了新娘的那些话语，他们的灵魂为之震颤。他们侧耳聆听片刻，仿佛忽然从醉意中苏醒过来，然后快步跑出街门和各个出口，分两路左右围拢而去。当他们看到青年的尸体和跪在一旁的新娘时，人人惊恐不已，个个后退三步，没有一个人敢于上前问究竟出了什么事。仿佛死者胸膛上鲜血直流，新娘手握匕首的景象已使他们张口结舌，生命在他们的躯体里已经僵死。

新娘的脸上挂着痛苦的严肃表情，望着他们大声说：

"胆小鬼们，靠近一些呀！不要害怕死神的幻影！死神是伟大的，它不会接近你们微小心灵。靠近一些吧，不要因害怕这匕首而发抖；这匕首是神圣器具，不会触及你们那肮脏的体躯和你们那黑暗的心胸。请瞧一瞧这位身着婚礼服的漂亮青年吧！他是我的情郎，我杀了他，只因为他是我的情郎，他是我的新郎，我是他的新娘。我们寻觅多时，没有找到合适的新婚之床，因为这个世界被你们用你们的传统弄得太狭窄，又被你们用你们的愚昧弄得太黑暗，且被你们用你们呼出的气弄得太龌龊。所以，我们选定了隐藏在云彩背后。胆小的弱者们，靠近一些吧！请你们睁眼看一看，也许你们能看见上帝的面容反射到了我们俩的脸上，并会听到发自我们俩心中的上帝那甜蜜的声音：那个嫉妒心强烈的坏女人在哪里？正是她造我意中人的谣言，说他爱上了她，忘掉了我，而恋上她正是为了把我忘记。那个坏女人以为当神父把手举到我和她的亲戚头上时她已取得了胜利。诡计多端的奈吉白在哪里？那条地狱里的毒蛇在哪里？让她现在靠近点儿，让她看看我已把你们集合在这里，以便欢庆我和情郎的婚礼，而不是庆祝她为我选定的那个男子的婚礼……

"你们听不懂我的这些话，因为大海悟不透星斗的歌声。不过，你们将告诉你们的子女，有一位女子在她的新婚之夜杀死了她的情郎；你们将会记住我，用你们的尊口咒骂我。而你们的孙子一辈，则会为我祝福，因为明天将属于真理和灵魂。

"愚蠢的男人啊，你用阴谋、金钱和卑劣伎俩，试图把我变成你的妻子，你正是这个企图从黑暗中寻找光明的不幸民族的象征，你正是等待从顽石中涌出泉水、萤火虫生出玫瑰花的可怜民族的象征。你是像盲人随从瞎子向导一样顺从这个愚昧的国家的代表，你是为了得到项链和手镯而断脖子和手腕的伪男子大丈夫气概的代表。我宽恕你的卑微渺小，因为高高兴兴离开这个世界的心灵是会宽恕这个世界上的所有罪恶的。"

这时，新娘把匕首举向空中，就像干渴难耐的人将水杯边沿拉近自己的双唇一样，狠狠地将匕首刺进自己的胸膛，就像镰刀砍断脖颈的风信子一样，顷刻倒在她的情人的身旁。眼见此情此景，妇女们慌了手脚，恐惧、难过得失声大喊，有的昏迷了过去。男子们的喊叫声从四面八方传来，惊恐不安地向两个死者跑来……

新娘那水晶般的胸膛涌出了血泉，她凝视着围上来的人群说：

"责备者们，你们不要靠近，不要把我俩的躯体分开。假若你们不从，盘旋在你们头上的灵魂会揪住你们的脖子，残酷地将你们掐死。就让这饥饿大地将我们的遗体一口吞下去吧！让这大地把我们掩藏、保护在它的胸中，就像保护种子免受冬日的大雪冻死一样，等待着春天的降临。"

新娘紧紧贴着情郎的尸体，双唇吻着情郎那冰凉的嘴唇，伴随着最后几口气，断断续续地说：

"亲爱的，你看哪……我心灵的郎君，你看哪……嫉妒虫们正站在我们新婚之床的周围……你看，他们的眼睛正凝视着我们……你听，他们的牙齿咬得咯咯响。看呀，我已打碎桎梏，砸烂了锁链，我们快步向着太阳奔跑吧！我们在阴影下站的时间太久了。看哪，画面已被抹去，所有东西都被遮掩起来，亲爱的，除了你，我什么都看不见了……这是我的双唇，快接受我的最后气息吧！爱神的翅膀已经展开，正在我们的面前飞向光明天外！赛里姆，我们快步跟上吧！"

新娘的前胸紧紧贴着情郎的胸脯，新娘的血与情郎的血流在了一起，新娘的头靠在情郎的脖子上，情侣的双眼一直相互眷恋凝视着。

人们沉默片刻，个个面色蜡黄，人人四肢酸软，仿佛死亡的恐惧已夺去了他们的活动能力。

这时，用自己的教诲为婚礼编织花环的神父走上前来，右手指着两具尸体，望着惊恐不安的人们，粗声粗气地说：

"伸向这两具沾染着罪恶和耻辱污血的手是该死的！为这两个魂已被魔鬼带往地狱的死人落泪的眼睛是该被诅咒的。就让萨杜姆的儿子和阿姆莱的女儿的尸体留在这被他俩的血污染的土地上吧！让野狗分食这两具尸体，让风把他俩的骨头扬掉！众人们，回你们的住宅去吧！躲避一下从这两颗心中散发出来的腐烂气味吧！因为这两颗心是罪恶铸就的，并且已被不道德的恶行粉碎。站在两具臭尸旁的众人们，快分散开，在地狱的火舌吞噬你们之前，赶紧离去吧！谁留在这里，就要成为犯禁的低贱人，不得进信士们顶礼膜拜的圣殿，也不能参加基督举行的祈祷！"

苏珊走上前去；新娘就是派她作为差使去找情郎的。

苏珊站在神父面前，用噙着泪花的眼睛望着神父，勇敢地说：

"瞎眼的叛教徒啊，我留在这里。我守卫他俩的尸体，直到黎明到来。我要在这垂柳树下为他俩挖个坟墓。假若你们阻止我来挖，我就用手指把大地的胸膛撕裂；倘使你们绑住了我的手腕，我就用自己的牙齿挖地。你们赶快离开这个充满馨香气味的地方吧！肮脏猪猡才会拒绝闻此香气，无耻盗贼才怕宅主和清晨的到来。你们快回你们的黑暗住所去吧！因为盘旋在两位殉难情侣上空的天使所唱的歌是不会进入你们那用泥土堵塞着的耳朵里的。"

人们离开愁眉苦脸的神父面前，而那位姑娘依然站在两具尸体的旁边，她就像一位母亲静夜里守着孩子一样。

众人隐去，那个地方一片空旷，苏珊这才大哭起来。

叛教徒海里勒

一

阿巴斯谢赫❶在黎巴嫩北部的一个偏远农村居民中,类似于酋长在其居民中的地位。他的住宅挺立在低矮茅舍群之间,就像站在侏儒当中的巨人。他的生活比村上人优越,类似于穷苦中的宽裕。他的性格不同于村上人的性格,如同强与弱之间的差别。

只要阿巴斯谢赫在村民中间说些什么,他们必定点头称是,像是有智慧的力量已经选定他做了它的代表,并且通过他的喉舌诠释它的意思。假若谢赫一发脾气,他们必定胆战心惊,匆匆逃离他的面前,活像黄叶面临秋风。倘若谢赫抽某个人的耳光,那个人呆呆地站在原地,一声不吭,仿佛击打自天而降,被打人绝不敢抬眼看看谁在打他。如果他对着某一个人微笑,众人会说:"好幸运的小伙子,得到了阿巴斯谢赫的喜欢!"

那些可怜的人们之所以那样屈从于谢赫,又那样害怕他的残暴,并不是因为他们太弱,而谢赫又太强,而是因为他们太穷,他们离不开他。因为他们耕种的土地和他们住的茅屋,全都是谢赫的财产;

---

❶ 谢赫属阿拉伯文原字的音译,原意为"老人",由此演化出多种意思:长老、村长、族长、宗教领袖等。

谢赫就像他们从父辈、祖辈那里继承了贫困和不幸一样，从自己的祖辈和父辈那里继承了大片土地和房舍。

农民耕地、播种和收获，都是在谢赫的监视下进行的。他们辛辛苦苦所得到的一点粮食，仅仅能够把他们从饥饿魔爪中拯救出来。漫长的冬天过去之前，他们多数人断炊，只得一个挨一个地哭着来到谢赫的面前，乞求他发发善心，借给一个第纳尔❶或一升小麦。谢赫常常高兴地满足他们的乞求，因为他知道收获季节到来时，借出一个第纳尔能还回两个第纳尔，借出一升小麦就能收回两升。

就这样，这些可怜的穷苦人背负着沉重的债务随时都要求到谢赫的门上，不但害怕阿巴斯谢赫发怒，而且还要讨他欢喜。

二

冬季带着飞雪和暴风到来了。田野和山谷一片空旷，只剩下啦啦啼鸣的寒鸦和光秃秃的树木。

村民们填满阿巴斯谢赫的谷仓、灌满他的葡萄汁缸之后，他们便守在自己的茅舍里，没有什么活儿可干了，于是坐在火炉旁打发时光，回忆先辈的业绩，重复以往日日夜夜所发生的那些故事。

十二月过去了。衰老的一年走去，叹息着将自己的最后几口气吐向灰色的天空。守岁的夜晚到来了，时光为童子般的新的一年戴上王冠，让之坐在世间的宝座上。

---

❶ 第纳尔，阿拉伯常用币名。

微弱的光隐去，黑暗笼罩了干河和山谷，大雪纷纷飘落，狂风呼啸着从山巅飞旋直下洼地，夹带着雪花，将之填充在沟壑里，万木因惧怕暴风而颤抖，大地在它的面前显得局促不安。狂风携带着漫天大雪整整飘飞了一天一夜，田野、山巅和道路变得像一张白纸，死神在上面写下几行模模糊糊的字，旋即又将之擦去。雾霭将散落在山谷两侧的村庄分隔开来，闪烁在茅屋窗内的微弱灯光消隐了。农民们的心中感到恐怖，牲口蜷缩在草料槽旁，就连狗也隐藏在犄角旮旯里，只留下风神在对着山洞石穴的耳朵大声演讲和侃侃而谈；那可怕的声音时而从山谷深处传出，时而又从山顶俯冲而下。仿佛整个大自然对衰老之年的死亡感到无限愤怒、忧伤，有意寻找隐伏在茅舍的生命为之报仇雪恨，用严寒和狂啸作为武器与那些生灵搏斗。

就在这一可惧的夜下，在这种紧张的气氛里，一位年方二十二岁的青年，沿着步步登高的山路，正在从盖泽希亚❶修道院向阿巴斯谢赫的村庄走去。严寒冻僵了他的关节，饥饿、恐惧使他周身无力，雪花将他的黑衣服掩盖起来，仿佛想在他的生命被死神夺去之前就给他裹上殓衣。青年奋力朝前走，风却阻止他前进，还向后拉他，仿佛不希望在活人的住宅里看见他。崎岖不平的山路缠着他的双脚，他不时地倒在地上，然后又爬起来，继而大声呼喊求救。寒冷冻僵了他的双唇，他说不出话来，于是默不作声地站在那里，周身抖作一团。他像是各种互相搏斗元素的微弱集合体，又像是介于强烈与深

---

❶ 盖泽希亚是黎巴嫩最富有、最有名的修道院，年收获数以千计第纳尔，里面住着当地知名的数十位修道士。"盖泽希亚"系古叙利亚语，意为"生活天堂"。——原注

刻痛苦之间的微弱希望，或者像一只折断翅膀的鸟儿，落在河里，汹涌的水流正将之卷入大河水深之处。

青年一直朝前走着，死神紧紧跟在后面，直到他精疲力竭，意志泯灭，血管里的血凝固，倒在了雪窝里。

他躯体中仅存的生命大声呼喊。那是一种可怕的喊叫，是面对面看见死神幻影的临死者发出的喊声。那是绝望挣扎者的喊声，是行将被黑暗吞噬、已被暴风抓住，就要被抛入无底深渊者的悲凉喊声。那是乌有太空中渴求存在者的喊声。

三

那个村庄的北面，田野上有一座孤孤零零的小茅舍，里面住着母女二人。母亲名叫拉希勒，女儿名叫玛丽娅，年龄尚未过十八岁。拉希勒是赛姆阿·拉米的遗孀；五年前，赛姆阿·拉米被害死在荒野上，凶手是谁尚不得而知。

拉希勒像所有的贫苦寡妇一样，靠着辛勤劳动过活，唯恐生命被死神夺去。收获季节，她外出去捡丢在地里的麦穗；秋天来临，她到果园采摘主人落在树上的零星果子；冬天里，她则在家里纺毛线、做针线活儿，以便挣上几分钱或一升半升玉米。所有这些活计，她都得付出巨大毅力、非凡耐心和辛苦。她的女儿玛丽娅是个文静漂亮的姑娘，分担着母亲的辛劳，帮母亲一道做家务劳动。

在我们描绘的那个可怕的夜里，拉希勒母女俩坐在火炉旁。严寒盖过了火炉的温度，灰烬遮掩了炭火。高处挂着一盏小油灯，微弱的黄色灯光照射到黑暗之心,如同祈祷把安慰的幻影送到痛苦的穷人的肝上。

夜半时分,母女俩坐在屋里,听着外面狂风的呼啸声。姑娘不时地站起来,撩开小窗子,向黑暗天空望上片刻,然后回到座位上,心中对那大自然的怒容有说不出的惧怕和不安。

那时,姑娘突然动了起来,就像是从深沉的睡梦中苏醒过来,惊惧地望着母亲,急问道:

"妈妈,您听见了吗?您听见有人求救的呼喊声了吗?"

母亲抬起头来,留心细听片刻,然后回答说:

"没有哇!我只听见风呼呼地刮着,孩子!"

姑娘说:

"我听到了一种声音,它比飒飒的风声深沉,比暴风的啼哭声苦涩。"

姑娘说着,站了起来,打开小窗,仔细听了一会儿,然后说:

"妈妈,我又听到了呼喊声。"

母亲惶恐地走近窗子,回答道:

"我也听见了……来呀,我们开门看看去,把窗子关好,别让风吹灭了灯。"

母亲说罢,披起长斗篷,拉开门走了出去。玛丽娅站在门口,风吹拂着她的长辫子。

拉希勒踏着雪走了几步,站了下来,高声喊问:

"谁在呼喊?求救者在哪里?"

没有人答声。她喊了第二遍,除了暴风的呼啸声,她什么也没有听到。她大胆地走向前去，留心注视着被怒号的狂风波涛遮挡视线的各个方向。她仅仅走了一箭之遥，便看见雪中有深深的脚印，几乎被狂风抹去。她像急切的期待者那样，追着脚印，快步朝前走去。片刻后，她看到面前有一个人的躯体躺在雪上，就像一件洁白的衣裳打上了一块黑补丁。她走上前去，扒开那个人身旁的雪，将那个人的头托在自己的双膝上，手按在那个人的胸脯上，感觉出他的心脏在微弱地跳动。她随即望着茅屋，大声喊道：

"玛丽娅，快来！快来帮我一把！我发现这里有一个人……"

玛丽娅离开家门，跟着母亲的脚印走去。因为天气冷，心中又害怕，她周身打战。行至母亲所在的地方，她看见一个青年躺在雪中一动不动，不禁"哎呀"一声惊叫。母亲两手托住青年的腋下，说：

"他还活着。你不要害怕，抓住他的衣角，我们把他抬到家里去。"

母女俩抬着那个青年，顶着凛冽的寒风，踏着深深的雪，艰难地回到茅舍，将青年平放在火炉旁。母亲用手轻轻揉着青年那冻僵了的肢体，女儿则用自己的衣角擦干青年那湿漉漉的头发和冰凉的手指。没过几分钟，青年便恢复了知觉，身子动了动，眼皮颤了颤，长出了一口气，给母女那富有同情感的心中送去了自己得救的希望。玛丽娅解开青年那破靴子上的带子，脱去他身上的湿斗篷，然后说：

"妈，您看哪！您看他的穿着，很像修道士的服装。"

拉希勒往火炉里加了一把干柴，望着那青年，惊异地说：

"像这样可怕的夜里，修道士是不出修道院的。究竟什么事情使这个可怜的青年人冒生命危险外出呢？"

姑娘改口说：

"不过，他没有留胡子，妈妈。修道士们都留有浓密的胡须。"

母亲两眼里闪烁着母性的慈爱目光，望着青年，叹了口气，说：

"孩子，把他的双脚好好擦干，不管他是修道士，还是罪犯。"

拉希勒打开木柜，取出一小罐酒，倒满一陶碗，然后对女儿说：

"玛丽娅，托住他的头，我们灌他一点儿酒，他就会恢复精神，身上也会暖和起来。"

拉希勒把碗边凑近青年的双唇，灌了他一点酒，青年睁开了两只大眼睛，第一次看到了他的两个救命恩人。那是令人难过的温柔的目光，和着感谢与知恩的泪水一起由眼里涌出；那是挣脱死神魔爪之后，感触到生命存在的目光；那是绝望之后的希望目光。青年伸了伸脖子，颤抖的双唇间说出这样一句话：

"上帝为你们俩祝福。"

拉希勒手扶着青年的肩膀，说：

"兄弟，不要多说话，免得劳你的心神。你要静静地待着，等待恢复体力。"

玛丽娅说：

"兄弟，你靠着这枕头，再凑近火炉一点儿。"

青年叹着气靠在枕头上。片刻后，拉希勒又倒了一小陶碗酒，再次给青年喝。随即，她望着女儿，说：

"把他的外套放在火炉旁，好干得快些。"

玛丽娅照母亲的叮嘱，将青年的外套烤在炉旁，然后坐下来，同情、怜悯地望着青年，仿佛想用自己的目光向青年那瘦弱的躯体注入温暖和力量。

这时，拉希勒送来两张面饼、一木碟糖浆和一盘干果，坐下来，就像母亲照顾孩子那样，一小口一小口地用手喂那个青年。青年吃了一些东西，觉得身上有了些力量，便坐在地毯上，但见他那焦黄的脸上泛出了玫瑰色的火光，两只无神的眼睛也开始放出光芒。他点了点头，平静地说：

"仁爱与残暴之间，就像这黑夜空中的各种因素相互之间进行着残酷的斗争。不过，仁爱将最终战胜残暴，因为仁爱是属于上帝的，这黑夜的恐惧必随着白天的到来而过去。"

青年沉默片刻，然后用几乎让人听不见的低微声音说：

"人的手把我推入深渊，人的手又把我拯救出来。人是多么残酷，又是多么仁慈啊！"

拉希勒的话音里饱含着母性的温柔和令人放心的甜润。她说：

"兄弟呀，你怎敢在这样的黑夜里离开修道院呢？这样伸手不见五指的漆黑之夜，狼都因害怕而藏在山洞中，鹰也因害怕而躲在岩石间哪！"

青年合上双眼，仿佛想用眼帘将泪水送回他的心底，然后说：

"地上的狐狸有洞穴藏身，天上的飞鹰有巢窝栖息。人之子呢，却没有靠头倚身之处啊！"

拉希勒说：

"一位文书要求跟着拿撒勒人耶稣走天涯时，耶稣就是这样说的。"

叛逆的灵魂　093

青年回答道：

"在这充满欺骗、虚伪和腐败的世道里，每一个想追随灵魂和真理的人都会这样说。"

拉希勒没有作声，思考着青年说的话的意思。过了一会儿，她有些迟疑地说：

"不过，修道院里有很多宽敞的房子，堆满金银的库房，满装粮食和拴着肥牛肥羊的牲畜圈栏。究竟因为什么事情，使你抛开这所有财宝，在这样的夜里外出呢？"

青年叹了口气说：

"我丢掉了这一切。我是迫不得已走出修道院的。"

拉希勒说：

"修道院的修道士就像战场上的士兵，长官呵斥他，他就得低头弯腰，一声不吭；长官命令他，他就得马上服从。我听说过，一个人要想成为修道士，他就得把自己的意志、思想、爱好及一切与心灵有关的东西抛开。不过，一个好的头领不会提出超出领导者能力的要求。盖泽希亚修道院院长怎可要你把自己的性命交给暴风雪呢？"

青年回答道：

"在修道院院长看来，只有那种像又瞎又哑、失去知觉和力量的机器的人，才能够成为修道士。我呢，因为我不是瞎机器，而是看得见、听得着的人，所以我只有离开修道院。"

母女俩凝视着青年，仿佛已从他的脸上看出他想保守的秘密。过了一会儿，拉希勒惊异地问道：

"难道一个看得见、听得着的人，就得在这样能使眼睛变瞎、耳朵变聋的夜里出来吗?"

青年叹了口气,深深低下头去,用沉重的声音说:

"我是被驱逐出修道院的。"

拉希勒一惊:

"被驱逐出来的?!"

"被驱逐出来的?"玛丽娅叹息地重复了一句。

青年抬起头来,后悔自己向两个女人讲出了真实情况,担心母女二人的怜悯之情会转化为厌恶与蔑视。但是,他从母女二人的眼中看到的却是同情与喜欢探问的目光,于是用哽咽的声音说:

"是的,我是从修道院里被驱逐出来的。因为我未能亲手为自己掘墓。因为我追随欺骗与伪善已感心力交瘁。因为我的心灵拒绝享用穷苦人和可怜人的钱财。因为我的灵魂拒绝品尝屈从于愚昧人民的财富。我被赶了出来,因为我寄身于茅舍里的居民建造起来的宽敞房屋里并不感到舒服。因为我的腹中再也不肯接纳和着孤儿寡母眼泪的面饼。我像一个患了肮脏麻风病的人被赶出了修道院,因为我对着那些主教们和修道士们的耳朵重复读着使他们成为主教和修道士的那本经书的经文。"

青年默不作声了。拉希勒和玛丽娅一直望着青年,都对他的话感到诧异。母女俩凝视着青年那英俊而痛苦的面孔,又不时地相互看看,仿佛想用这沉寂相互询问究竟是什么奇怪原因使青年来到了这母女的茅屋。母亲的心中终于生出了打破砂锅问到底的念头,于是温情地望着青年,问道:

"兄弟,你的父母在哪儿?都还健在吧!"

青年用不烦恼的语气回答说：

"我既没有父亲、母亲，也没有兄弟姐妹，连出生地都没有。"

拉希勒痛切地长叹了一口气。玛丽娅急切把脸扭向墙壁，以掩饰夺眶而出的同情的热泪。青年用被压迫者期盼救星的目光望着母女俩，他的心神因母女二人的温情而振作起来了，酷似生长在岩石缝中的花儿，因早晨的露珠滴入花心而分外水灵。

青年抬起头来，说：

"我的父母在我未满七岁时去世了。我出生的那个村庄里的神父就把我带到了盖泽希亚修道院，修道士们看到我来都很高兴，让我当了放牛娃。我十五岁那年，他们就让我穿上了这件粗黑衣，让我站在祭坛前，他们说：'以上帝及其使徒的名义立誓吧！立誓你甘愿出家修行，安于贫穷、保证顺从、坚守贞节。'在我明白他们的话的含义之前，在我还未理解贫穷、顺从和贞节之前，在我还未看到他们让我走的窄狭道路之前，我重复了他们的话。我本名叫海里勒；自打那时起，修道士们称呼我为穆巴拉克兄弟；但是，他们根本不把我当作他们的兄弟对待。他们吃肉和美味佳肴，却让我吃干面饼和干果；他们喝上等的酒和饮料，却让我喝掺着眼泪的污水；他们睡在舒适柔软的床上，却让我睡在猪圈旁一间阴暗的房子里的石凳上。我心想：我什么时候才能成为修道士，与这些幸运的人们共享欢乐呢？什么时候我的肝才能不受各种美酒折磨，我的灵魂才能不因听到修道院院长的话音而颤抖呢？然而我的希望和梦想都是无用的，因我仍然在原野放牛，用背搬运沉重的石头，用双臂挖土。

"我干这些活，均为的是换取一点儿干面饼和一个窄狭的安身之地。因为我不知道在修道院之外，还有我可以生活的地方，原因在于他们教育我除了他们的生活方式，别的什么东西都不要相信。他们用失望和屈从的毒剂害了我的心灵，致使我认为这个世界是痛苦和不幸的汪洋大海，而修道院才是挣脱苦难的港湾。"

海里勒坐起来，紧皱的面容舒展开来，睁大眼睛望着，似乎看见面前茅舍的墙上有一种什么美丽的东西。海里勒又说：

"老天有意招去了我的父母，并将我作为孤儿放逐到了修道院。但是，老天并不想让我像站在危险渡口的盲人一样打发我的整个一生，也不想让我终生做一个低贱的可怜奴隶。于是让我睁开了双眼，开启了我的双耳，让我看到光明在闪烁，让我听到了真理在说话。"

拉希勒点了点头，说：

"莫非除了太阳洒向众生的光明，另有一种光明吗？人类能够认识真理吗？"

海里勒回答道：

"真正的光明源自人的内心，向心灵展示心灵的隐秘，使心灵为生命而欣喜，奉灵魂之名而歌唱。至于真理，它则像繁星，只出现在夜下黑暗之中。这里就像世界上所有的美好东西一样，它的可爱效应只有感受到虚妄的残酷后果的人才能领略。真理是一种看不见的情感，它教育我们要为我们的日子感到开心，并使我们甘愿把那种开心给予所有的人。"

拉希勒说：

"很多人都是按照隐藏在他们内心里的情感生活的；他们都相信这种情感是上帝为人类制定的法则的影子。但是，他们对自己的日子并不感到开心,恰恰相反,总是不幸到死。"

海里勒回答道:

"虚妄正是使人成为生命中不幸者的信仰和教诲。谎言则是引导人走向失望、痛苦和不幸的情感。因为人类应该成为大地上的幸福者,应该知道通往幸福之路,并在所到之处以幸福之名传播福音。谁在今世看不见天国,那么,他在来世也不可能看见。因为我们并非作为被放逐、被蔑视的人来到这个世界的,而是像一无所知的孩童来到世上,以便学习生活的美妙与秘密,出于对不朽灵魂的崇拜,探索我们心灵的内涵。

"这才是我读过拿撒勒人耶稣的教诲时所认识到的真理。这就是源自我内心的光明;正是这种光明,让我看清了修道院及里面那些人的真面目。那修道院就像一个黑暗无底深渊,从那里闪出来的可怕魔影会置我于死地。这就是我坐在树荫下饥肠辘辘、边哭边呻吟之时,美丽原野向我的心灵宣布的隐秘。

"有一天,我的心灵醉于天酒,于是鼓足勇气,站在了修道士们中间。当时,修道士们像吃得撑饱的牲口跪卧在地上那样坐在修道院的花园里,我向他们阐述我的思想,对他们高声读圣书上揭示他们走错了路和他们叛教行为的章节。我对他们说:'我们享用着穷苦人和可怜人的财富,品尝着用他们的额头上汗水与眼中泪水和成的面烤成的面饼,吃着从他们那里抢夺来的土地上收获的粮食,我们为什么却隐居在这里呢?我们为什么生活在懒散的阴影下,远离需要知识的民众,不让国家利用我们的心力和体能呢?拿撒勒人耶稣派你们做狼群中的羊,哪种教导使你们变成羊群里的狼呢?上帝把你们创造成人,你们为什么却远离人类呢?既然你们比行进在生活行列中的人优秀,你们就应该到他们中间去,给他们施以教育;假若他们比你们更优秀,你们就应该与他们结合在一起,向他们学习……你们怎好许下顺从之愿,却像王公贵族一样生活?你们怎好许下背叛顺从之愿,却背叛圣书?你们怎好许下守节之愿,心中却满怀七情六欲?……你们佯装对世间红尘不屑一顾,而实际上你们是最贪婪的人。你们佯装修行、节俭,而实际上你们像最识肥美牧草的牲畜。来吧!让我们把修道院的宽广土地还给这村上饥馑的百姓,把从他们那里夺来的钱财还回他们口袋中去吧!来呀,让我们像鸟群一样分散而飞向四面八方,效力于使我们变成强者的柔弱人民,改善我们赖以生存的国家状况。让我们教育这个多灾多难的民族向着太阳光微笑,为苍天的恩赐、生活和自由的光荣而感到欣喜。因为我们在众人中看到的辛苦,远比我们在这里所得到的享乐要崇高、美好;我们用以安慰亲人之心的怜悯之情,远比隐藏在这修道院各个角落的德行更高尚、纯洁;我们对弱者、罪犯和烟花女说出的抚慰词语,远比我们在庙堂重复来重复去的冗长祈祷词更高贵、体面。'"

海里勒沉默片刻,喘了一口气,然后抬眼望着拉希勒和玛丽娅,用平静的声音说:

"我在修道士们面前说了些类似的话,他们听着听着,脸上呈现出惊异的神情,仿佛他们不相信一个青年竟敢站在他们面前说出这样的话。我说完后,一个修道士走近我,咬牙切齿地说:'你这个该死的东西,怎敢在我们面前说这种话?'另一个修道士走近我,讥笑道:'你是从你每天陪伴着度日的牛和猪那里学来的这种智慧吧!'

又一个走来威胁道：'可恶的叛教徒，你将看到我们怎样收拾你！'旋即，他们像健康人躲避麻风病人那样离开我，四分五散了。"

海里勒接着说：

"他们有的人去修道院院长那里告了我的状。傍晚时分，院长把我叫了去。院长在那些得意扬扬的修道士们面前把我狠狠地斥责了一顿之后，下令用鞭子抽我。我被他们用粗绳鞭子抽打了一顿，然后被判监禁一个月，随即修道士们哈哈大笑着将我带入又黑又潮的小屋子里。

"一个月过去了，我一直被抛弃在那坟墓之中，看不见光明，只能觉察到虫蚁爬行，只能摸到土，不知道何时为夜尽，只能听到一个修道士的脚步声，知道他是给我送发霉的碎面饼和混着醋酸的水来了。当我走出那监牢时，修道士们见我面黄肌瘦，以为我心志已死在腹中，认定他们用饥饿、干渴和折磨已经彻底泯灭了上帝置于我心中的情感……

"岁月不居，时节如流。我独处之时，常常绞尽脑汁地想用什么办法能使这些修道士看见光明，让他们听到生命的乐曲。可是，我的苦思冥想传统是徒劳无益的，因为漫长世代在他们的眼上编织的厚厚的封膜不是很少日子能够撕破的，而愚昧堵在他们耳朵里的泥土已变成了石头，柔软的手指触摸是除不掉的。"

一阵充满叹息的沉寂之后，玛丽娅抬起头来，望着母亲，仿佛请求母亲让她说话。之后，她忧伤地望着海里勒，问道：

"你是不是又在修道士们面前说了些什么，他们便把你赶出了修道院？而且在这样令人恐惧的夜里；这样的黑夜叫人甚至对敌人都应该同情、怜悯啊!"

青年说:

"就在今天夜里,当风暴肆虐,各种因素在天空开始相互搏斗时,我远离了那些围着火炉谈天说笑话的修道士们,独自坐在一个地方。我翻开《新约》,仔细思考书中那些吸引我的心灵并使我完全忘记了大自然的愤怒和各种因素残暴性的语句。当修道士们发现我远离他们时,他们便把我的离群当成了讥笑我的理由。有几个修道士走来,站在我的身边,开始挤眉弄眼,嬉皮笑脸,用手指点着我,呈现出蔑视我的神色。我没有理睬他,而是合上书本,把目光转向窗外。他们暴躁不安,怒目斜视着我。因为我的沉默使他们感到尴尬不已。一个修道士讽刺说:

"'伟大的改革家,你在读什么书呢?'

"我连眼都没抬,而是翻开《新约》,高声读这一节:

他对前来接受洗礼的人们说:"毒蛇们的孩子们啊,谁示意你们逃脱已经到来的愤怒,就请你们制造适于忏悔的果实,而不要心想'我们有亚伯拉罕❶为父'。因为我要对你们说:'上帝能够使亚伯拉罕的孩子从这些石头里站起来。现在,我已把斧子放在树的根部;不结好果的树要砍掉,丢到火中。'"众人问他:"我们怎么办呢?"

---

❶ 亚伯拉罕,《圣经》中的人物。他是希伯来人,挪亚长子闪的后代,他拉的儿子,哈兰的哥哥。他原名亚伯兰,在他九十九岁时,上帝向他显现,并对他说:"我必使你后裔极其繁多,国度从你而立,君王从你而出。"上帝命他将亚伯兰之名改为亚伯拉罕,意为"多国之父"。

叛逆的灵魂

他回答众人道:"谁有两件衣服,就请把一件给没有衣服的人。谁有食物,请也照此办理。"

"当我读完施洗的约翰❶说的这段话时,修道士们沉默片刻,仿佛一只无形的手抓住了他们的灵魂。但是,他们又哈哈大笑起来,一个修道士说:'我们多次读过这段话,我们不需要放牛娃对着我们的耳朵重复它。'我说:'假若你们读过这些话,并且理解它的话,那么,这个被漫天大雪覆盖着的农村的民众在挨冻受饿苦苦挣扎,而你们却在这里享用着他们的财富,喝着他们的葡萄汁,吃着他们的牲畜肉……'

"我话未说完,一个修道士上来抽了我一耳光,仿佛我说的全是傻话,接着,另一个修道士踢了我一脚,又有一个从我手里把书抢了过去,还有一个跑去叫院长。院长迅速赶来,他们把发生的事情告诉了他。院长挺着腰杆,眉头紧皱,气得周身颤抖,厉声吆喝道:'抓住这个可恶的叛教徒,把他拖到远离修道院的地方,让各种愤怒的因素教他什么叫顺从。把他拉入严寒黑夜中去,让大自然按照上帝的意愿处置他。之后,你们要好好洗洗你们的手,以防叛逆的毒素挂在你们的衣服上。假若他回来乞求你们,假装表示要忏悔,你

---

❶ 约翰,《圣经》中的人物。犹太祭司撒迦利亚的儿子,成人后四处传道,并在约旦河一带给人施洗,耶稣就专门来这里接受过他的施洗。他因指责希律王乱淫,被关进监狱。希律王见他在群众中威望很高,不敢杀他。后来,希律王做生日设宴,希罗底的女儿跳舞祝贺,希律王高兴答应满足她的任何要求。她就按照母亲所嘱,要约翰的人头,结果约翰被斩。

们不要给他开门！因为毒蛇即使关在笼子里也不会变成鸽子，荆棘就是栽在葡萄园里也不会结出无花果。'

"修道士当即将我抓住，强行将我拖到修道院外，然后笑着回去了。他们把门闩上之前，我听到一个修道士讥讽道：'昨天你是国王，你的臣民是牛和猪；今天，大改革家，我们废黜了你，因为你亵渎了政治。现在走你的吧，去当饿狼和盘飞的乌鸦们的国王吧！教它们应该怎样在它们的洞穴和巢窝里生活吧！'"

说到这里，海里勒深深地叹了一口气，然后转过脸去，望着炉子里熊熊燃烧的火。他用痛心夹带着某种甜美的声音说：

"就这样，我被驱逐出了修道院。就这样，修道士们把我交到了死神的手里。我走着走着，只见大雾遮住了我的视线，看不清面前的路，暴风撕破了我的衣服，齐膝深的积雪使我迈不开腿，走不动路，感到周身无力，跌倒在雪里，绝望地高声呐喊求救，而听见求救的只有令人恐惧的死神和黑暗的山谷。但是，在暴风雪之外，在黑暗和乌云之外，在太空和繁星之外，在这一切一切之外，有一种力量，那是全知的力量，那是充满怜悯的力量。那力量听到了我的呐喊和呼声，不希望我在学到其余的生命秘密之前死去，于是派你们俩把我从死亡深渊底部拉了回来。"

青年默不作声了。母女俩用同情、怜悯、赞赏的目光望着青年，仿佛她俩的心灵已经理会了青年心中的隐秘，并有同感和同样的认识。片刻后，拉希勒情不自禁地伸出手，温情地摸着青年的手，眼里噙着泪花说：

"被苍天选为真理支持者的人，不义毁灭不掉，暴风雪也无法将

叛逆的灵魂　103

之置于死地。"

玛丽娅低声说：

"暴风雪能够毁掉鲜花，但却不能泯灭花种。"

这安慰善言像黎明之光照亮了地平线一样照亮了海里勒那枯黄的面容。他说：

"如果你们俩像修道士那样把我看作反叛者与叛教徒，那么，我在修道院受到的压迫权作一个民族取得认识之前遭受苦难的象征。几乎夺取我的生命的这一夜颇似走在自由与平等之前的革命。因为人类的幸福源自妇女的敏感的心中，人类的情感产生于妇女心中的高尚情感。"

说着，青年靠在了枕头上。母女俩无意继续谈下去，因为她俩从青年的眼神里看得出，在他长途跋涉之后，得到了休息，又取了取暖，困意已经来临。

没过几分钟，海里勒便合上了眼，像孩子安稳地躺在母亲的怀里那样睡着了。拉希勒轻轻地站起来走去，玛丽娅跟着离开那里，然后坐在床上望着熟睡的青年，仿佛青年枯黄的脸上有一种力量在吸引着母女俩的灵魂，萦绕着母女俩的心。母亲好像自言自语地说道：

"他那合着的双眼里有一种奇怪的力量，在用无声的语言说话，通报着心灵的向往。"

女儿说：

"妈妈，他的两只手就像教堂里挂着的耶稣画像上的那双手。"

母亲低声说：

"他那忧伤的面容上绽现着女性的温柔和男子的阳刚。"

困神的翅膀托着母女俩的灵魂飞入了幻梦世界。炉火熄灭了，化成了灰烬。灯里的油干了，灯头渐渐变小，终于熄灭了。愤怒的暴风依旧在窗外呼啸，黑暗的天空飘着大雪，强烈的风将雪花左右抛洒卷扬。

四

两个礼拜过去了。乌云密布的天空时而寂静时而暴怒，用雾霭笼罩山谷，令丘岗披上白雪。海里勒三番两次想继续他到海岸去的行程，拉希勒和颜悦色、温情脉脉地劝阻他说：

"你不要再一次把你的性命交给那些不长眼的东西啦！兄弟啊，你还是好好留在这里吧！够两个人吃的面饼也够三个人吃；即使你走了，这炉子里的火也照以前那样燃烧着。兄弟啊，我们都是穷苦人，但我们像所有人一样生活在太阳下，因为上帝赐予我们每天的口粮。"

玛丽娅用温柔的目光求他，用和暖的叹气期待得到他的同情，以便让他放弃离去的想法。因为自打青年奄奄一息地进入那个简陋茅屋以后，玛丽娅就觉得他的心灵中有一种神圣的力量，将生命和光辉送到了她的心上，唤醒了她灵魂中最神圣之处一种爱的新情感。因为那是她平生中第一次感受到那种奇异的情感；那情感使少女纯洁的心变得像一朵白玫瑰花，吮吸过甘露，正吐着芬芳。

在人的心中，没有比那种神秘的情感更纯洁、更甜美的情感了；那情感在少女的心中突然苏醒，用神奇乐曲充满少女的心间，使少女的白天变得类似诗人们的梦境，令少女的夜晚变得像先知们的理想。

在大自然的隐秘中，没有比那种意向更强大、更绝美的秘密了；那秘密使少女心灵中的平静化为持续不断的冲动，以其意志泯灭往昔的记忆，以其甜美生发来日希望。

黎巴嫩姑娘以情感强烈与细腻而有别于其他民族的姑娘。因为剥夺其智力发育与限制其知识升华的简单化教育，使其心灵转向只探寻自己心灵的意向，使其心只注意查询自己内心的隐秘。黎巴嫩姑娘就像从一片低洼地的地心里涌出的泉水，因为找不到通道，所以不能成为流向大海的一条河，于是化为一汪平静的湖水，湖面上反射出来的是月华与星光。

海里勒感觉到玛丽娅的灵魂之波在围着他的灵魂涌动，知道绕着他的心的神圣火炬已触摸到她的心。海里勒第一次感到像丢失的孩子突然看到母亲那样高兴，但他立即折返回来，责备自己鲁莽与多情，心想这种灵魂上的相通将随着他离开那个村子的岁月消逝，将像雾霭一样消散而去。他暗自心想：在我们不知不觉之中，戏弄我们的隐秘究竟是什么呢？这又是一种什么法则呢？它时而把我们带上崎岖小路，我们只好被领着走，时而让我们站在太阳面前，我们高兴地停下脚步；时而把我们托上山顶，我们喜笑颜开，时而又把我们降到谷底，我们相抱呼喊，这是一种什么生活呢？一日像情人一样拥抱我们，一日又像敌人一样抽打我们。昔日，我不是在修道院的修道士们中间被迫受欺压吗？我不是为上天在我心中唤醒的真理而承受折磨和奚落吗？我不是对修道士们说幸福是上帝置于人类心中的意愿吗？

那么，又为什么这样怕呢？我为什么闭上眼睛，扭过脸去，以便避开从这位姑娘眼里射出来的光芒？我是被驱逐的人，她是一位穷家姑娘。但是，只靠面饼，人能活下去吗？生命不是债务与偿还吗？我们不是像处于冬夏之间的树木一样处于饥馑与宽裕之间吗？可是，假若拉希勒知道一个被驱逐出修道院的青年的灵魂，与她的独生女的灵魂已经在无声之中相通互解，而且已接近至高无上光环，她会妄说什么呢？倘使她得知一个被从死神魔爪里解救出来的青年想成为她女儿的伴侣，她究竟会有什么举动呢？假使这个村上的普通村民知道一个在修道院里长大，又被赶出修道院的青年来到村子里，以便生活在一位美好姑娘的身边，他们会说什么呢？如果我对他们说，那青年离开修道院，以便生活在他们中间，就像一只鸟儿出了黑暗樊笼飞向光明与自由，他们会捂住耳朵不听吗？阿巴斯谢赫生活在可怜的农民中间，就像酋长在奴隶当中那样神气活现，他听到我的故事，会说什么呢？假如村上人不住地在村上神父耳边讲述青年从修道院里被驱逐出来的原因，那神父会如何行事呢？

……

海里勒坐在火炉旁思来想去，边注视着颇似他的情感的火苗。玛丽娅不住地偷看他几眼，洞察着青年面容上泛起的梦想，倾听着源自他胸中的思想回声，感悟着青年的思潮正在他的心的周围起伏汹涌。

一日傍晚，海里勒站在濒临山谷的小窗旁，但见谷中的树木、岩石全被大雪覆盖着，像是裹着殓衣一样。玛丽娅走来，站在他的身旁，透过窗口望着天空。海里勒一回头，他的目光与她的目光相遇了。海里勒叹了火辣辣的一口气，随即扭过脸去，闭上了眼睛，仿佛灵魂离开了他，遨游向无尽天地深处，急于寻找他要说的一句话。

片刻后,玛丽娅鼓足勇气,问道:

"雪化路开之后,你将要到什么地方去?"

海里勒睁开来两只大大的眼睛,望着遥远的天边,回答说:

"我将沿着这条路走向我不知道的地方。"

玛丽娅灵魂颤抖,然后叹息道:

"你为什么不住在这个村子里,离我们近一些呢?难道生活在这里比遥远他乡好?"

姑娘言词温柔、声音和谐,令海里勒五脏六腑不安。他回答说:

"村上人是不愿意接纳一个被驱逐出修道院的人做邻居的,也不允许他呼吸他们赖以生存的空气。因为他们认为修道士的敌人是背叛上帝及其圣徒的叛教徒。"

玛丽娅长叹了一口气,默不作声了。因为令人伤心的事实已使她无法开口说话。这时,海里勒用手撑托着头,说:

"玛丽娅,这个村上的居民已从修道士和神父们那里学到憎恶所有为自己考虑的人,他们效法着他们,远避像我们那样所有想以探索者而不是盲从者的身份来安排自己生活的人。假如我留在这个村子里,我向村民们说:'兄弟们,来吧,让我们按照我们心灵的意愿崇拜祈祷,不要像修道士和主教们主张的那样。因为上帝不希望自己为那些模仿他人的愚者所崇拜。'那时,村上人一定会说:'这是个叛教徒,正顽固地反对上帝赐予神父手中的权力。'如果我对他们说:'兄弟们,你们要留心聆听你们自己的心声,要按照深藏你们心里的灵魂的意志行事!'那时,他们一定会说:'这是个坏蛋,想让我们否认上帝架在天地之间的桥梁与媒介!'"

海里勒望着玛丽娅的眼睛,用近似于银弦弹出的悦耳声音说:

"不过,玛丽娅,在这个村子里有一种神奇的力量掌握着我,缠住了我的心灵;那是一种神圣的力量,使我忘掉了修道士们对我的压迫,并且使我觉得他们的残暴手段倒是蛮可爱的。在这个村子里,我曾面对面遇到死神;在这个村子里,我的灵魂与上帝的灵魂紧相拥抱;在这个村子里,有一朵鲜花长在荆棘之中,其美令我神往,其香沁我肺腑。我究竟应该离开这朵花,走去宣扬把我驱逐出修道院的那些原则和道理呢,还是留在花旁,在围绕着它的荆棘之中为我的思想和幻梦挖一座坟墓呢?玛丽娅,我该怎么办呢?"

玛丽娅听罢这些话,不禁周身颤抖,就像月下香在黎明前的微风面前那样瑟瑟抖动,心灵里的光自双眸洒然溢出。她羞涩地、难以启齿地说:

"我俩都陷在了一种公正、怜悯的无形力量中,就听凭它随意摆弄我们吧!"

自那一刻起,海里勒与玛丽娅的情感交织在一起了,两颗心灵变成了一柄炽燃的火炬,放射着亮光,周围麝香四溢。

五

打纪元开始至今,一小撮坚持被继承光荣的人与神父和宗教头领们联合起来欺压百姓。那是一种慢性病,用魔爪掐住人类集团的脖颈,只有每个男人的头脑变成国王,每个女人的心变成神父时,随着愚昧从这个世界上消逝,它才会消失。

叛逆的灵魂

坚持被继承光荣者用贫弱者的躯体建造自己的宫殿，神父则在诚心者的坟墓上建筑庙宇。酋长抓住可怜农民的双臂，神父把手伸进农民的口袋掏钱。当权者愁眉苦脸地望着农民，而主教却笑容可掬地望着他们；羊群则消亡在虎的愁容与狼的微笑之间。统治者佯装代表法律，神父诈称代表宗教；无数肉体与灵魂灭亡、消失在二者当中。

在黎巴嫩，在那阳光充足、知识匮乏的高山之国，贵族与神父联合起来欺压百姓；那些贫困百姓辛勤耕耘收获，只是为了防止肉体遭前者的刀剑刺杀，躲避后者的破口咒骂。

黎巴嫩坚持让先辈光荣的继承者站在自己的宫殿旁边，对黎巴嫩人高声喊道："君王委任我为你们肉体的保证人！"神父站在祭坛前喊道："上帝委派我做你们灵魂的保护人！"黎巴嫩人则沉默无言，因为用土包裹着的心是不会破碎的，因为死人是不会哭泣落泪的。

本是那个村庄里保护人、统治者和王爷的阿巴斯谢赫，也是最喜欢修道院里的修道士们的人。他坚决维护修道士们的教导和传统，因为他们曾与他一道扼杀知识，在为他耕种土地、看守葡萄的农夫心灵里培植顺从意识。

那天夜里，正当海里勒和玛丽娅接近爱神宝座，拉希勒温情地看着他俩，试图探察二人心灵的隐秘时，村上的神父胡里·伊里亚斯跑去告诉阿巴斯谢赫说，虔诚的修道士们把一个叛逆的坏蛋青年赶出了修道院，并且说这个叛教徒已于两个礼拜前来到了这个村庄，现在就住在赛姆阿·拉米的遗孀拉希勒家里。

胡里·伊里亚斯不仅把这个消息告诉了谢赫，而且还节外生枝地说：

"被驱逐出修道院的魔鬼，在这个村里也变不成天使；被田地主人砍伐并抛入火中的无花果树，在火炉里绝对结不出好果。假若我们要想使这个村子平平安安，不受恶病毒菌侵害，我们就应该把这个青年像修道士们把他赶出修道院一样，把他赶出我们的家园和田地。"

阿巴斯谢赫问道：

"你怎么知道这个青年将成为这个村子里的恶病毒呢？我们把他留在这里，让他为我们看守葡萄园或放牛，岂不更好吗？我们很需要人手啊！如果有办法弄到双臂有力的小伙子，我们会喜欢他，决不放他走的。"

神父微微一笑，近似毒蛇吞舌。继之，他用手指拢了拢他那浓密的胡子，说道：

"假若这青年适于干活儿，修道士们是不会赶他走的。因为修道院的土地宽广无边，牛羊数不胜数。昨晚在我这里过夜的修道院驴夫告诉我，这个青年对着修道士们的耳朵重复叛教言论，而且还夹带着造反的词语，足以证明他鲁莽、心毒。他多次大着胆子对修道士们高声演讲说：'你们把修道院的土地、葡萄园和钱财还给这些乡村的穷苦人吧！你们分散到四面八方去吧！那比礼拜、祈祷要好得多！'驴夫还告诉我，责斥的残暴、鞭抽的疼痛与监牢的黑暗，都没能够使这个叛教徒改邪归正，恰恰相反，为抓住他的心灵的魔鬼提供了营养，就像垃圾污物使蝇虫数量骤然增多似的。"

阿巴斯谢赫站起来，就像老虎扑食之前那样向后了几步，一时默不作声，把牙咬得咯咯直响，怒不可遏。之后，他朝厅门走去，高

叛逆的灵魂　　111

声呼唤奴仆。三个奴仆应声而至,站在他的面前,听候他发号施令。他对他们说:

"寡妇拉希勒家里有一个青年罪犯,身着修道士服装,你们立即去把他给我绑来!假如那女人阻拦你们,你们就把她也抓住,拉住她的辫子,在雪地上拖!帮坏人者,就是坏人。"

奴仆们俯首听命,快步出门,实现主人的意愿。

阿巴斯谢赫和神父谈论着如何处置那个被驱逐的青年和寡妇拉希勒。

六

白日隐去,黑夜来临。夜将阴影洒遍大雪覆盖着的茅舍,黑暗寒冷的夜空出现了繁星,酷似永恒期盼出现在挣扎与死亡的痛苦之后。农民们关上门窗,点上油灯,围坐在火炉旁取暖,不去留心围着房舍周游的夜的幻影了。

拉希勒和女儿玛丽娅以及海里勒正坐在餐桌上吃晚饭时,忽听有人敲门。紧接着,阿巴斯谢赫的奴仆闯了进来,拉希勒慌忙地回头望去,玛丽娅害怕得一声惊叫,而海里勒却依然镇静自若,仿佛他那宽广的心灵对此早有预感,他们来之前,就料定那些人会来找他的麻烦。

一奴仆走近海里勒,一把抓住他的肩膀,粗声粗气地说:

"你就是从修道院里被赶出来的那个青年?"

海里勒慢条斯理地回答道:

"我就是。你要怎么样?"

那奴仆说:

"我们要把你绳捆索绑,带到阿巴斯谢赫那里去。你若反抗,我们就在雪地上像拖被宰的羊那样把你拖走。"

拉希勒站起来,面色蜡黄,眉头紧皱,声音颤抖地说:

"他有什么罪,要把他带到阿巴斯谢赫那里去?你们为什么还要把他绑着拖走?"

玛丽娅的声音里充满乞求的语调:

"他只有一个人,而你们是三个人。你们合伙欺负折磨他,那是胆怯的表现。"

那奴仆勃然大怒,高声叫道:

"在这个村子里,有哪个女人敢于抗拒阿巴斯谢赫的意愿?"

说罢,从腰间抽出一条结实的绳子,上去就要捆海里勒的双肩。青年面不改色地站起来,像面临暴风的铁塔高昂着头,唇间洒溢出痛苦的微笑,然后说:

"男子汉们,我真同情你们哪!因为你们是强有力的盲目工具,被握在有眼睛的弱者手里的奴隶,而愚昧比黑人的皮肤还要黑,愚昧最能降服于名义与残暴。昔日,我也像你们一样;明天,你们将变得像我一样。现在,我们之间相隔着一道黑暗的深沟,它吸纳了我的呼声,遮掩了我的真实面目,使你们既听不见我的呐喊,也看不清我的面容。你们来吧,把我的胳膊捆起来,你们愿意怎样就怎样吧!"

三个奴仆听海里勒这样一说,眼神发呆,周身战栗,一时惊恐不已，仿佛青年的甜润声音已经使他们的躯体失去了活动能力，唤醒了他们心灵深处的崇高意向。但是，他们很快又醒了过来，好像阿巴斯谢赫的话音又响在了他们的耳边，提醒他们不要忘记他派他们来要完成的任务。于是，奴仆们走上前去，把青年的胳膊捆住，然后默不作声将青年带了出去，而他们却感到良心上不免有些痛苦。拉希勒和玛丽娅跟了出去，颇似耶路撒冷的女子们跟在耶稣身后去髑髅地时的情况。母女俩跟在海里勒身后，向阿巴斯谢赫的家宅走去。

七

只要是新消息，无论是大事还是小事，总是以思想传播的速度在小小乡村的农民中间迅速传开。因为他们远离社会上频频发生的事情，故使他们把全部精神转向打听周围有限空间里发生的事情。尤其是在冬季里，当田野、果园沉睡在雪被之下，生灵害怕得围着火炉取暖时，村民们便更加乐意探听新消息，以便借其影响填补他们的空余白日，借寻其根问其底的乐趣打发他们的寒冷黑夜。

就这样，阿巴斯谢赫的奴仆在那天夜里刚刚抓走海里勒，消息便像传染病一样在村民中迅速传开了。喜欢打听消息的习惯使村民的心灵活跃起来，人们纷纷离开茅舍，像分散的士兵从四面八方跑来紧急聚合似的，被捆绑的青年还未到阿巴斯谢赫家宅，那宽大的厅堂里已挤满了男男女女及孩童，一个个伸长脖子，都想看那个从修道院里被赶出来的叛教徒和寡妇拉希勒及其女儿玛丽娅；在他们看来，这孤女寡母就是与恶灵魂一道在他们的村子上空传播毒素和地狱疾病的罪人。

阿巴斯谢赫坐在一张高椅上，胡里·伊里亚斯盘坐在谢赫身旁，农民们和奴仆们站在厅堂里，一个个瞪大眼睛凝视着被绑的青年，但见青年昂首挺胸站在人们中间，好像高山矗立在低洼地一般。拉希勒和玛丽娅站在海里勒身后，心中恐惧不安。人们的冷酷目光折磨着母女俩的心灵。可是，恐惧在一个看清真理而立即跟从的女人情感中能起什么作用呢？冷酷目光在一个听到爱神呼唤便立即醒来的少女心中能产生什么影响呢？

阿巴斯谢赫望着青年，用类似海浪咆哮的声音问道：

"青年人，你叫什么名字？"

青年回答说：

"我叫海里勒。"

谢赫又问：

"你的亲属、家人是谁？你的家乡在哪里？"

海里勒望着那些用厌恶、嫌弃目光看着他的农民们，说道：

"穷苦人、受压迫的可怜人，都是我的亲属和朋友。这个宽广的国家便是我的故乡。"

阿巴斯谢赫轻蔑地微微一笑，然后说：

"你的亲属们都要求惩罚你，被你称为你的家乡的国家拒绝你做她的居民。"

海里勒五脏六腑剧烈翻腾起来，说道：

"愚昧的民众将他们最优秀的女儿抓起来，交给暴虐者和压迫者处置；蒙受屈辱和蔑视的国家压迫热爱她和忠于她的志士。可是，一个好儿子,当他的母亲生病时,他能丢下母亲不管吗?一位仁慈的兄长,当他弟弟穷困潦倒时,他能袖手旁观吗?

"今天这些把我捆起来交给你的可怜人,正是昨天将他们自己的脖颈交给你的人。那些让我站在你的面前受欺辱的人,正是在你的田地里播撒他们心灵种子,在你的脚下挥洒他们体内热血的人。这片拒绝我成为其居民的土地,正是那片不肯张口吞噬暴虐者和贪婪者的土地。"

阿巴斯谢赫听后放声大笑,仿佛想用他那丑陋的笑声淹没青年的灵魂,阻止他的灵魂走向那些普通听众的灵魂中去。片刻后,他说:

"不要脸的青年人,你不就是修道院里的一个放牛的吗?你为什么离开你的牲畜,被赶出来了呢?莫非你认为人民怜悯叛教的疯子胜过怜悯虔诚的修道士?"

海里勒回答道:

"我本是牧人,却不是屠夫。我牵着牛到绿色草原和肥美牧场,却不曾去光秃秃的山冈。我把牛牵到甘泉,而远离腐臭沼泽。夜晚来临,我把牛牵回圈里,没有把它们丢在山谷,使其成为豺狼和猛兽的猎物。

"我是这样对待牲畜的。假若你能像我一样对待现在跪在我们周围的这瘦弱的人群,那么,你就不会住在这高大宫殿之中,而让他们饿死在黑暗茅舍里。假若你能像我怜悯修道院的牛一样怜悯上帝的忠实儿女,你现在就不会坐在高高的丝绸包裹的软椅上,而却让他们像光秃秃的树枝面临寒冷北风那样站在你的面前。"

阿巴斯谢赫不耐烦地动了动身子,额头上冷汗珠子闪闪发亮,随即笑容被怒面代替。但是，他还是克制住了自己的情感，免得在他的手下人及众仆从面前显得过分在意。之后，他用手指着说：

"叛教徒呀，我们把你绑来，不是为了听你胡言乱语，而是要把你作为凶恶的罪犯审判。你要知道，你现在是站在本村之主面前；他是上帝支持的艾敏·舍哈比酋长❶意志的代表。你要知道，你现在是站在胡里·伊里亚斯面前；他是你所背叛的神圣教堂的代表。你要么为你犯的罪恶进行自我辩护，要么俯首帖耳在我们以及嘲笑你的人群面前悔过求饶。那样，我们就可以宽恕你，让你像在修道院里一样当个放牛郎。"

青年不慌不忙地回答道：

"罪犯不能由罪犯审判，凶恶的叛教徒不能在犯罪者面前进行自我辩护。"

海里勒说这两句话时，把目光转向大厅里拥挤的人群，用银铃似的洪亮声音对他们说：

"兄弟们，你们被迫树为你们田地之主的人，把我捆绑来，以便在这建在你们父辈和祖辈遗骸上的宫殿里，当着你们的面审判我。被你们的信仰奉为你们教堂神父的人，来到我的面前，以便责斥我，并作为帮凶折磨、侮辱我。你们从四面八方跑来，为了看我痛苦的模样，听我求救的呼声。你们离开温暖的炉火旁，以便看你们的儿子和兄弟被绳绑索捆受凌辱的情形。你们快步跑到这里，为了观看猛兽爪中痛苦挣扎的猎物。你们来这里，是为了看一个罪恶的叛教

---

❶ 艾敏·舍哈比酋长是白喜尔酋长的长子，其父过世后，由他统治山区。——原注

徒站在法官面前受审的情景。我就是那个罪犯。我就是那个从修道院里被赶出来的叛教徒,暴风将他带到了你们的村中。我就是那个可恶的坏人。请你们听我的反驳和抗辩吧!你们不要做同情者,而要做公证人。因为同情是不允许施予懦弱罪犯的,而公正则是无辜者的全部要求。

"我选定你们作为我的法官,因为人民的意志就是上帝的愿望。唤醒你们的心,侧耳聆听,然后根据你们良心的启示进行判断。有人对你们说我是一个邪恶杀人的叛教徒,但你们还不知道我的罪恶;你们看见我像杀人的盗贼一样被绳捆索绑,但你们还未听说我的过错。因为在这个国家里,罪恶与过错的真相总是被雾霭遮罩着,而惩罚则像黑夜中的电闪利剑一样清清楚楚地显示在人们面前。

"男子们,我的罪恶在于晓知你们的贫困和不幸,深深感觉到你们的桎梏沉重。女子们,我的过错在于同情你们和你们的孩子,因为他们从你们的奶汁里吮吸的生命中却混杂着死神的喘息。

"众人们,我是你们当中的一员。我的父辈和祖辈生活在耗尽你们力量的这些山谷之间,他们也死在压弯了你们脖颈的桎梏之下。我信仰听得到你们痛苦的心灵呼声,看得到你们那被捶打的胸膛的上帝。我相信把我和你们从人类的奴性中解放出来,并让我们没有任何束缚地站在上帝驻足的大地上的教诲。

"我曾是修道院的牧牛人。我虽然与哑畜生待在寂静的旷野,但却未能使我的眼睛变瞎,因之视而不见你们在田地里被迫演出的痛苦悲剧;也没有令我的耳朵变聋,因之听而不闻从茅舍角落里发出的失望呼声。我曾细心观察过,看到修道院里的我和在田地里的你们像一群羊，正跟着一只恶狼走向它的洞穴。我在半路上站住了，大声呼救，那只狼立即猛扑向我，用利齿将我咬住。之后又对我施计谋，将我赶得远远的，以免我的呐喊声鼓动羊群的灵魂，从而奋起造反，惊而逃向四面八方，抛下那只狼，让其独自在黑夜里挨饿。

"因为我看到了用鲜血写在你们脸上的尖锐事实，我忍受了监禁、饥饿和干渴，遭受了折磨、鞭打和嘲弄。因为我把你们的无声叹息化成了响彻修道院各个角落的呐喊。但是，我绝不害怕，我的心也未软。因为你们的痛苦呼声常伴着的心灵，使我不断获得力量，使我觉得压迫、蔑视和死亡是可爱的。

"你们现在或许自问：'我们何时曾诉苦抱怨？我们当中谁又敢开口说话？'我要对你们说，你们的心灵每天都在诉苦抱怨，你们的心每夜都在痛苦呼救；但是，你们听不见你们的心灵和心的呼喊声。因为临死的人听不见自己胸中发出的咯咯声，而坐在其病榻旁边的人都能听得清清楚楚。被宰的飞禽不由自主地翩翩起舞，它自己并不知道，而旁观者却看得一清二楚。

"白天里的哪一时辰，你们的灵魂不在痛苦地呻吟、悲叹？是在清晨，当求生的欲望呵斥你们撕破罩在你们眼帘上的纱幕，赶你们像奴隶一样走向田地时？是在正午，当你们想坐在树荫下，以防烈日的利剑，而却不能时？还是在晚上，当你们饿着肚子回到你们的茅舍，看到的只有干面饼和污浊的水之时？或者在夜里，疲惫不堪将你们抛在石头床上，你们睡不安，而困意刚刚莅临眼帘，以为谢赫的吆喝声突然响在你们的耳边，于是急忙爬起来之时？

"一年四季之中，你们的心在哪个季节里不再悲伤哭泣？是在春

叛逆的灵魂

天，大自然穿上了一身新衣，而你们却衣服褴褛地走出来去观看春天之时？或者在夏季，你们把成熟的庄稼割下来，一捆一抱放在打谷场，用收获的粮食填满你们的恶霸主人的谷仓，你们的辛苦换来的只有一点草料和毒麦之时？或者在秋天，你们采了果子，榨出了葡萄汁，而你们所能看到的只有些许酸汁和橡子之时？或许在冬季，老天压迫你们，严寒和风暴把你们驱逐到大雪没顶的茅舍，你们坐在火炉旁，嘘唏烦躁，害怕狂飙愤怒之时？

"穷苦的人们，这就是你们的生活！不幸的人们，这就是笼罩你们灵魂的黑夜！可怜的人们，这就是你们屈辱与不幸的幻影！这就是我所听到的发自你们内心深处的持续不断的痛苦呼声。因此，我醒悟了，背弃了修道士，叛逆了他们的生活，独自站立起来，以你们的名义和以因你们的痛苦而痛苦的正义的名义进行控诉。于是他们便把我看作可恶的叛教徒，将我赶出了修道院。我来是为了分担你们的不幸，生活在你们身边，使我的泪水与你们的泪水流在一起。你们把我绳捆索绑带到了你们的劲敌这里；正是这个劲敌霸占了你们的财富，依赖你们的钱财而过着富裕的生活，用你们辛勤劳动换来的果实填饱了他那贪婪的大腹。

"难道你们中间没有老人知道，你们耕种而却得不到收获的土地，本来是你们的，当法律写在剑刃上时，阿巴斯谢赫的父亲从你们父辈那里抢占去了？难道你们没听说过修道士们暗算你们的祖辈，当宗教的条文写在神父嘴唇上时，他们占据了你们祖辈的农田和葡萄园？难道你们不知道宗教代表与坚持被继承光荣的人合谋征服、遏制你们，倾尽你们的心血？你们当中的哪个男子，教堂的神父没有让他在土地主人面前俯首弯腰？你们当中的哪位女子，土地主人没有吆喝、催促她随从教堂神父的意愿？

"你们可听说过上帝对第一个人说：'用你的额头汗水，换取你的面饼吃。'阿巴斯谢赫却为什么吃用你们的额头汗水换来的面饼，喝掺着你们泪水的酒呢？莫非上帝选中了这个人，使他在娘肚子里时就成了主人？或者因无名之罪，上帝对你们发了怒，使你们来到世上做奴隶，以便收获粮食，而你们只能吃谷里的荆棘；以便建造华丽宫殿，而你们只能住行将坍塌的茅舍？

"你们听说过拿撒勒人耶稣对弟子们说：'无偿获得的，必无偿施予。不要把你们那里的金、银和铜占为己有。'哪一条教诲允许修道士和神父出卖他们的祈祷和咒文以换得金银呢？你们在寂静的夜里祷告说：'主啊，赐予我们每日的糊口面饼吧！'主已把这土地赐予你们，正是为了你们的糊口面饼，难道主允许修道院的院长们从你们的手中抢夺这糊口之食了吗？你们诅咒犹大❶，因为他出卖了他的主人，换取了银币。究竟是什么东西使你们为那些每天都在出卖耶稣的人祝福呢？不幸的犹大对自己的过错后悔不已，旋即跳崖自尽了，而这些人却昂首挺胸，身着光润长袍，戴着金项圈和贵重戒指，走过你们

---

❶ 犹大，《圣经》中的人物，加略人，原为耶稣十二使徒之一，后为出卖耶稣的叛徒。起先，犹大跟随耶稣传播福音，后因贪财忘义，偷偷地去见祭司长，讲定以三十块银币出卖耶稣。在逾越节的筵席上，耶稣就对众使徒宣布："你们中间有一人要出卖我了！"不久，犹大就领着一群带着刀的人来了，他用与耶稣亲吻作为暗号，众人就下手拿住耶稣。后来，犹大听说耶稣被判死刑，立即后悔，当着祭司长的面，把三十块银币丢在圣殿上，旋即出去跳崖自杀了。

的面前。你们教育你们的孩子热爱拿撒勒人耶稣，可是，你们怎么又教育他们对耶稣所厌恶的人以及背弃耶稣教诲的人俯首听命呢？你们知道，耶稣基督的使徒们有的被杀，有的被乱石击死，为的是让神圣的精神活在你们的心中。你可知道，修道士和神父们在谋杀你们的灵魂，以便他们活着享受你们创造的财富，以听你们镣铐的响声取乐？可怜的人们哪，你们充满屈辱和蔑视的存在，总是让你们跪在由欺骗和虚伪树在你父辈坟墓上的可怕偶像前，有什么东西能吸引你们呢？你们以为自己的屈从能保住什么样的宝库，能够作为留给你们的子孙的遗产呢？

"你们的灵魂在神父的掌握之中，你们的躯体在统治者的利爪间，你们的心处于失望与痛苦的黑暗之下。你们能指着生活里的哪一件东西说'这是我们的'呢？软弱的屈从者们，你们可知道，你们所畏惧，并被你们树为你们心灵中最神圣的秘密监护人的那个神父究竟是什么人呢？你们就怕听我向你们说明，你们能感觉得出但害怕明确讲出来的真实情况吧！

"他是一个叛道之徒；基督徒们给他一本圣书，他却将之变成一张网，用其网罗他们的钱财。他是一个伪善者；信士们给他戴上一个精美的十字架，他却将之制成一把利剑，并举到你们的头上。他是一不义之徒；软弱的人们把自己的脖子交给他，他却将缰绳、笼头套在他们的脖子上，并且用铁手扼住不放，直至他们的脖子像陶器一样粉碎，像灰烬一样四散。

"他是一只凶恶的狼，他潜入羊圈，牧羊人把他认作羊，于是安心睡去；夜到来时，他扑向羊，将羊一只一只地咬死。

"他是一个饕餮;对餐桌的留恋胜过神庙祭坛。他是一个贪婪之徒;他追逐第纳尔能够追到妖魔洞穴。他是一个吸血鬼;他吸奴隶的血就像沙漠上的黄沙吸雨滴。他是一个吝啬鬼;他连气都不舍得呼出,拼命积聚自己所不需要的东西。

"他是一个诡计多端的骗子;他从墙缝入室,房子不倒,他绝不会出来。他是一个铁石心肠的盗贼;他偷寡妇的迪尔汗❶和孤儿的菲勒斯❷。

"他是一个怪物;生着鹰喙,长着虎爪、鬣狗的犬齿和毒蛇的触角。你们拿去他的书,撕破他的衣服,揪他的胡子,信意耍他,然后递给他一第纳尔,他就会原谅你们,向你们报以友好的微笑。你们朝他的面颊上抽一耳光,朝他脸上啐口唾沫,踩他的脖子一脚,然后让他坐在你们的餐桌上,那时他就会佯装忘掉一切,进而满脸堆笑,松开裤腰带,大吃大喝一顿。你们诅咒他的主的名字,亵渎他的信条,讥讽他的信仰,然后送去一罐酒或一篮子水果,他就会宽恕你们,在上帝和众人面前为你们开脱。

"他看见女人,便立即扭过脸去,高声说道:'巴比伦之女,离我远点!'然后暗暗悄声说:'结婚总比欲火空烧好。'他看见青年男女走在爱情的行列中,便抬眼望着天空,大喊道:'虚妄之极!太阳下的一切皆属虚妄。'之后,他便独自叹息说:'让那使我远离生活欢乐、禁止我尽享人生的法律和传统全都灭亡、消失吧!'……他又引

---

❶ 迪尔汗,阿拉伯货币名。
❷ 菲勒斯,阿拉伯辅币名。

叛逆的灵魂　123

经据典对人们说：'你们不要信仰什么，以免受责备。'但是，他却无情地为所有嘲弄他的丑恶行径的人定罪，在死神还没有把他们赶出生命世界之前，他就把他们的灵魂发往地狱。他与你们谈话时，不时地抬眼望天，而他的思想则像毒蛇一样，一直在你们的口袋周围盘绕。他呼唤你们说：'我的孩子们！我的儿子们！'而他丝毫没有父亲的温情。他的双唇既不对吃奶的婴儿微笑，也从不把小孩儿抱在怀里。他谦恭地点着头对你们说：'让我们放弃世间红尘吧！因为我们的生命像雾霭一样旋即消散，我们的岁月像阴影一样很快荫翳。'如果你们仔细观看，就会发现他紧紧抓着生命的尾巴，牢牢把持着岁月的穗饰，深深惋惜昨天的逝去，十分害怕今日过得太快，殷切地盼望着明天的到来。

"他要求你们行善，而他却比你们富有得多。倘若你们答应了他的要求，他会公开为你们祝福；假若你们拒绝了他的要求，他会暗暗咒骂你们。在神殿里，他会叮嘱你们好好照顾穷苦人和饥馑者，而在他的华宅周围有多少饥饿者在呼喊，在他的眼前有多少不幸者伸手乞求，他却视而不见，听而不闻……他出售他的祈祷，谁不买就给谁加上背叛上帝和先知的罪名，并被剥夺进天堂的权利。

"基督教徒们啊，这就是令你们恐惧的那个人！穷苦人们啊，这就是那个吸你们血的修道士！这就是用右手在胸前画十字、用左手抓住你心的神父！这就是那位被你们树为仆人他却变为主人、被你们封为圣徒他却变成魔鬼、被你们尊为代理人他却变成沉重桎梏的主教！这就是自打你们的灵魂来到这个世界直到回归永恒世界一直跟着你们灵魂的魔影！这就是今天夜里来为我定罪、侮辱我的那个人！只因为我的灵魂背叛了拿撒勒人耶稣的敌人；耶稣爱你们并把你们称为他的兄弟，后来，他为了你们而被钉在十字架上。"

被捆绑着的青年容光焕发，感觉到灵魂的苏醒已在听众的胸中涌动，自己那番言语的作用已在望着他的人们的脸上明显呈现出来。于是，他提高嗓门，接着说道：

"弟兄们，你们已经听说过，酋长艾敏·舍哈比委任阿巴斯谢赫为本村村长。你们听说过，国王委任酋长为本山区的统治者。你们可听说过或看见过国王委任的一种力量为这个国家之主宰吗？你们既看不到那种力量的形体，也听不到那种力量讲话，但你们却在你们的灵魂深处感觉到他的存在，而且在他的面前顶礼膜拜，祈祷恳求，并且用你们的话呼之为'我们的在天之父'。

"是的，你们的'在天之父'就是国王、酋长的委任者，他是万能的。可是，你们相信爱你们并通过其先知教你们走上真理之路的'在天之父'想让你们成为被压迫和受欺凌者吗？你们相信化云为雨、使种子长成庄稼、令花结出果实的上帝愿意让你们成为被人蔑视的饥饿者，却只让你们其中的一个人自高自大、饱食终日、尽享荣华吗？你们相信启迪你们爱妻子、怜悯孩子、关怀亲人的永恒圣灵会把一个压迫你们、奴役你们岁月的残酷主人强加给你们吗？你们相信启示你们热爱生命之光的永恒法则会把一个教导你们喜欢死神残忍的人派到你们中间来吗？你们相信大自然已向你们的躯体里注入一种力量，以便重新让你们的躯体屈服于懦弱吗？

"你们是不会相信这一切的。因为假若你们相信这一切，你们就将成为神性公正的背叛者，就将成为为这里所有人照亮道路之光的背

叛逆的灵魂

叛者。那么，究竟是什么东西使你们帮助恶人欺压你们的心灵呢？上帝把你们作为自由人派往这个世界，你们为什么违背上帝的意愿，变成背弃上帝法则的叛逆之辈的奴隶呢？你们为什么抬眼望着强大的上帝，并称之为天父，然后却在弱小之人面前俯首听命，并称其为主人呢？上帝之子为什么甘愿做人类的奴隶呢？耶稣不是称你们为兄弟吗？阿巴斯谢赫为什么管你们叫奴仆呢？耶稣不是使你们成为灵魂和权利的自由人吗？酋长为什么让你们当暴虐与腐败的奴隶？耶稣使你们抬眼望天，你们怎么低头看地？耶稣把光明播入你们的心田，你们怎么用黑暗将心淹没？

"上帝把你们的灵魂作为发光的火炬派往这个世界，凭知识而炽燃，靠探索日夜隐秘而更加亮丽。你们怎么给它蒙上灰烬，让其自消自灭？上帝赐予你们的灵魂以翅膀，让你们凭之在爱与自由的天空翱翔，你们为什么用手将之弄断，继之像蚂蚁一样在地面爬行？上帝在你们的心中播下幸福的种子，你们怎么将之取出，抛在岩石上，让乌鸦啄食，让风神抛撒？上帝赐予你们儿女，以便让你们教育他们走上真理之路，让他们的胸中充满生命欢歌，把生活的欢乐作为宝贵遗产留给他们，你们怎么整天昏睡，让他们成为时光手中的死者、出生之地的陌生人与太阳面前的不幸者？一位让自由的儿子成为奴隶的父亲，岂不是类似于儿子要面饼，而却把石头给儿子的父亲吗？莫非你们没有看见过田野上的老鸟如何教雏鸟练习飞行，你们为什么教你们的孩子如何戴镣铐锁链呢？难道你们没有看见过山谷里的野花怎样把自己的种子交给太阳的温暖保管，你们怎么把你们的孩子交给严寒里的黑暗？"

说到这里,海里勒沉默片刻,仿佛他的思想和情感已长大,言词不再穿着衣服,然后低声说:

"你们今夜听我说的这些话,正是使我被修道士们赶出来的那些话。你们感觉到你们心中涌动的灵魂,正是使我被绑着站在你们面前的那颗灵魂。假若你们田地的主人和你们教堂的神父扑向我,将我置于死地,我将高兴、幸福地死去。因为我向你们揭示了一条被不义之徒视为弥天大罪的真理,从而实现了我的造物主和你们的造物主的意愿。"

海里勒说话时,他那洪亮的声音里有一种诱人的语调,令观者的心为之震动,发出由衷赞叹,颇似盲人突然看到光明;妇女们的心灵则因青年话语的甜润声调而颤动,纷纷用噙着泪花的眼睛注视着他。阿巴斯谢赫和胡里·伊里亚斯则气得发抖,忐忑不安,如依在芒刺靠枕上。他俩都想制止青年讲下去,但未能如愿。因为海里勒在用一种至高无上的力量对众人演讲,那力量如暴风一样强劲,又像惠风一样柔和。

海里勒讲完话,稍稍后退,站在拉希勒和玛丽娅身旁。这时,大厅里一片沉寂,仿佛青年的灵魂展翅飞遍大厅的角角落落,将村民们的目光转向了一个遥远的地方,抽去了谢赫和神父心灵中的思想和意志,使二人站在自己被搅乱的良心幻影前瑟瑟战栗。

这时,阿巴斯谢赫站了起来,只见他眉头紧皱,面色蜡黄。他用喉咙被扼住似的声音呵斥站在他周围的人说:

"狗东西们,你们怎么啦?你们的心都中毒啦?你们躯体里的生命都死去了,再也不能撕碎这个多嘴多舌的叛教徒了吗?莫非这个魔鬼的灵魂缠住了你们的双臂，使你们无法弄死他？"

说着，他从腰间抽出宝剑，向着被绑的青年冲去，想一剑置之于死地。就在这时，一个壮汉从人群中冲出，上前拦住阿巴斯谢赫，从容不迫地说：

"老爷，请收起你的宝剑。因为谁要动剑，必将死于剑下。"

阿巴斯谢赫周身颤抖，剑脱手落地，大声喊道：

"懦弱奴才敢阻拦自己的主人和恩公？"

壮汉回答说：

"忠实的奴才决不与其主一道行凶为恶。这个青年说的全是真理，对听众们讲的全是事实。"

另一男子走上前去，说：

"这青年没有说出一点应该审判的东西。你为什么欺压他？"

一女子提高声音说：

"他没有诽谤宗教，也没有亵渎上帝的圣名，你为什么把他称作叛教徒？"

拉希勒鼓足勇气，走上前去，说：

"这青年在替我们说话，为我们申冤。谁想害他，谁就是我们的敌人！"

阿巴斯谢赫咬牙切齿地说：

"下贱淫妇，你也要造反啦？莫非你忘记了五年前你的男人背叛我时的下场？"

听到这话，拉希勒一声大喊，周身吓得战栗不止，仿佛晓得了一个可怕的秘密。她望着众人，高声说道：

"你们听到这个杀人犯在他发怒之时承认了自己的罪过了吗？难道你们不记得我丈夫被人杀害在田地里吗？你们立即查找杀人犯，但未找到。原来那杀人犯就藏在这高墙之后。你们还记得我的丈夫是个勇敢的男子汉吧？难道你们没有听我丈夫说阿巴斯谢赫狡猾可恶，并且谴责他的罪恶行径，抗拒他的残暴凶狠吗？

"看哪，苍天已指明了杀害你们的邻居、兄弟的凶手，并且令其站在你们面前。你们看哪，他的罪状就写在他蜡黄色的脸上。你们看哪，他摇摇晃晃，惶恐不安。你们看哪，他竭力捂着自己的脸，以免你们的眼睛怒目凝视着他。你们看这个强有力的霸主，如今像受了伤的芦苇一样在瑟瑟颤抖不止。你们看哪，这个了不起的巨人在你们的面前，像做了错事的奴隶一样惊惶害怕。上帝无意之中让你们看到了你们害怕的杀人犯的隐秘，向你们揭示了使我变成寡妇，让我女儿变成孤女的凶残心灵。"

拉希勒语音洪亮高昂，就像雾霭一样直轰阿巴斯谢赫的脑袋。男子汉们的喧闹声和女人们的叹息声像火舌和火把一样在他的头周围翻腾波涌。这时，神父站起来，伸手架住谢赫的胳膊，扶他坐下，然后用颤抖的声音呼喊奴仆们说：

"把这个诬蔑你们主人的女人抓起来！把她同这个叛教徒青年一道拖入黑屋子！谁敢阻拦你们，谁与他同罪，一样被禁止进入神圣教堂！"

奴仆们原地未动，没有理睬神父的命令，而是全神贯注地望着被捆绑着的海里勒，以及站在青年左右的拉希勒和玛丽娅，仿佛母女俩是两只翅膀，而海里勒已经展开双翅，以便凭之飞翔在云端。

叛逆的灵魂　　129

神父气得胡子抖动，说道：

"粗鲁无礼的人们，你们仅仅为了一个罪犯青年和一个撒谎的淫妇，就忘记了你们主人的恩惠，彻底背叛你们的主人吗？"

年龄最大的奴仆回答说：

"我们为阿巴斯谢赫效力，为了换取面饼和栖身之地，但我们决不做他的奴隶。"

说着，只见他脱下斗篷，摘下缠头巾，丢在阿巴斯谢赫的面前，接着说：

"我不想让我的躯体穿这种破衣服，以免我的心灵在刽子手的宅中备受折磨。"

奴仆们效法他的样子，加入了众人行列，他们的脸上绽现出解放与自由的欢情。

胡里·伊里亚斯见此情景，深感他那骗人的权势已被毁灭，于是边诅咒把青年海里勒带往那个村庄的时辰，边走出了阿巴斯谢赫的庭院。

这时，从众人中走出一男子，上前解开海里勒身上的绳索，望着像死尸一样瘫在高椅上的阿巴斯谢赫，用饱含决心和意志的语调对谢赫说：

"被你绳捆索绑带来作为罪犯审判的青年，已经照亮了我们黑暗的内心，把我们的目光引向了真理和知识之路。被你称为'下贱淫妇'的不幸寡妇，已向我们揭示了五年未曾揭露的可怕秘密。我们争相跑到这座豪宅来，看到的是无辜者遭到审判和正义者遭受压迫。"

男子接着说：

"我们的眼界已被打开，苍天让我们看到了你吓人的罪恶和惊人的残暴。我们要离开你，让你一个人独处，我们不给你定罪，求苍天按自己的意愿处置你。"

大厅内男男女女人声鼎沸。这个说：

"我们赶快离开这个充满罪恶、反叛的地方，回我们的家去吧！"

那个高声喊道：

"来吧，让我们跟着这个青年到拉希勒家去，听他给我们讲令人安慰的哲理和他的甜蜜话语吧！"

这个大声说：

"我们一定照海里勒的意志行事。他最知道我们需要什么，他比我还晓得我们的要求。"

有的说：

"假如我们要求得到公正，我们明天就去见艾敏酋长，把阿巴斯谢赫的罪恶告诉他，要求他惩罚阿巴斯！"

又有人喊道：

"我们应该向酋长求情，求他任命海里勒为他驻本村的代表。"

还有人说：

"我们应该到大主教那里告胡里·伊里亚斯一状，因为他参与了谢赫所干的一切坏事。"

正当呼喊声此起彼伏，像利剑一样射向阿巴斯谢赫的胸膛时，海里勒举起手，示意大家安静，然后对大家说：

"兄弟们，你们请听我说。大家不要太着急。我以爱心的名义要求你们不要到酋长那里去。要知道他在对待谢赫这一问题上，是

叛逆的灵魂

不会主持公道的。因为猛禽是不会相互撕咬的。你们不要到主教那里去告神父的状,因为主教知道发生自裂的房子就会倒塌。你们不要要求我做统治者驻本村的代表,因为忠实的仆人是不希望做坏人的帮凶的。假若我配得到你们的热爱和同情,就让我生活在你们当中,与你们一道在生活中同甘苦共患难,与你们一道劳作在田间,一起休息在家中吧!假若我不能成为你们当中的一员,我就会像那些伪君子一样,口头上讲的是美德、福音,实际上只会干坏事。

"现在,我已把板斧放在了树的根部,来呀,我们走吧,离开阿巴斯谢赫,让他在上帝的宝座前,站在自己良心的法庭做自我审判吧!上帝的太阳照着好人,也照着坏蛋。"

说罢,海里勒便走出了那个地方,众人们紧紧跟在他的身后,仿佛他的身上有一种力量,无论怎样动,人们的目光总是注视着他。

阿巴斯谢赫独自待在原地,活像一座坍塌的塔,痛苦得像一个战败的将军。

当众人们到达教堂广场时,月亮已从薄暮后升起,将它那银白色的光洒遍夜空。海里勒回头望去,但见男男女女像望着牧羊人一样,面孔全都朝着他,不由得神魂为之一动,仿佛从那些可怜的农村人的脸上看到了受虐待的标志,从那些被冰雪覆盖的低矮茅舍上发现蒙受屈辱和蔑视的国家的象征。海里勒像静听世代呼声的先知一样站着,面色变了,二目圆瞪,仿佛他的心灵已经看到了东方所有民族拖着奴性的桎梏正行走在那些山谷之中。他伸开双掌,举向上空,用汹涌波涛轰鸣似的声音喊道:

"自由之神啊,我们从深渊之底呼唤你,倾听我们的声音。我们从黑暗之中向你顶礼膜拜，请你看看我们。我们在这雪地之上向你顶礼膜拜，求你怜悯我们。我们现在站在你威严的宝座前，身上穿着父辈的、沾染着他们血的衣服，我们的情感蒙着混着他们遗骸的坟墓尘土，手握以他们的心肝当鞘的宝剑，举着曾刺穿他们胸膛的长矛，拖着曾毁伤过他们脚的铁镣，用伤过他们喉咙的声音大声疾呼，以充满他们黑牢的号啕声恸哭，用发自他们内心痛苦的祈祷声祷告，自由之神啊，请留心细听我们的声音吧！从尼罗河源头，到幼发拉底河河口，心灵的哭声伴随着深渊的呐喊声，波涌般向你传送；从阿拉伯半岛之端到黎巴嫩前沿，被死神牵着的手颤抖地向你伸去；从海湾海岸到撒哈拉大沙漠的边沿，漫溢内心苦楚的眼睛望着你。自由之神啊，回过头来看看我们吧！位于贫困与屈辱阴影下的茅舍里的各个角落，有多少人在你面前捶胸；坐落在愚昧、糊涂黑暗中的房舍里，有多少人向你倾心；在被压迫、奴役雾霭遮罩的住宅中，有多少颗灵魂思念你！自由之神啊，看看我们，怜悯我们吧！在学校和图书馆里，失望的青年向你诉说心声；在教堂和清真寺，被丢弃的经书在求你一阅；在法院和法庭，被搁置的法律在向你求救。自由之神啊，可怜我们，救救我们吧！在我们狭窄的街道里，商人出卖自己的时日，以便把换得的价值送给西方盗贼，却没有人劝阻他。在我们那贫瘠的土地上，农民用自己的指甲耕地，把自己心的种子播下去，用自己的泪水浇灌，收获到的却只有荆棘，而没有人教育他。在我们那光秃秃的平原上，贝都因人赤脚、裸体、饥饿地行走着，却没有人同情他。自由之神啊，请你开口说话，给我们施以教育吧！

"我们的羊羔吃的是荆棘和芒刺，而不是鲜花和绿草；我们的牛犊啃的是树根，而不是鲜嫩玉米；我们的马匹吞食的是干草，而不是大麦。自由之神啊，快来救救我们吧！

"自打起初，夜的黑暗便笼罩着我们的灵魂，黎明何时降临？我们的躯体从一个监牢转入另一个监牢，世世代代走过我们的身边，发出声声嘲笑，我们忍受世代的嘲笑将到何时？我们的脖颈挣脱了一种沉重枷锁，又戴上另一种更沉重的枷锁，世上诸民族远远望着我们发笑，我们忍受众民族讥笑要到何年何月？我们的脚甩掉一种铁镣，又套上另一种铁镣，铁镣无穷无尽，我们命不亡，我们会活到何年何月？

"从埃及人的奴性，到巴比伦人的掳掠，波斯人的残暴，古希腊人的效力，罗马人的奴役，蒙古人的暴虐和欧洲人的贪婪，我们现在正走向哪里？何时才能到达登山路口？

"从法老❶巨掌，到尼布甲尼撒二世❷的利爪，亚历山大❸的指

---

❶ 法老，古埃及帝王的称号。
❷ 尼布甲尼撒二世，《圣经》中的人物，古巴比伦国王，在位四十三年，对外侵略成性，对内凶残统治。他曾率兵攻打犹太国，将耶路撒冷的圣殿和王宫的宝物洗劫一空，并将国王约雅厅和王母、后妃、太监、勇士及匠人全都掳往古巴比伦。在古巴比伦国内，他蛮横而又凶残。他做了一个梦，召哲士进宫圆解。因他已经忘了所做之梦，哲士无法圆解，他就怒气冲冲，下令将国内所有的哲士全都杀掉。
❸ 亚历山大，《圣经》中的人物，原为马其顿国王。他即位后，从马其顿出兵，攻取波斯和米底，继而征服了世界很多国家，建立了亚历山大帝国，被称为亚历山大大帝。他当皇帝十二年后，一病不起，就将自己的帝国分给了手下的将军们。他死后，将军们在各自的领地加冕称王。

甲，希律❶的宝剑，尼禄❷的魔爪和魔鬼的犬齿，我们现在正走向何人之手？我们何时才能抵达死神手掌，安享死亡的寂静？

"他们借我们的臂力，为他们神灵的神殿、庙宇竖立了石柱。他们借我们的脊背运土荷石，为加强他们的防卫力量而筑墙建堡。他们借我们的体力建造了使他们的名字永垂的金字塔。我们建造宫殿、大厦，而我们只能住茅舍、山洞；我们填满了谷仓、粮库，而我们只能吃大蒜、韭菜；我们织造了丝绸、毛料，而我们只能穿短褐、褴褛。这样的日子何时才能结束？

"他们用阴谋诡计使部落间相互分离，令团伙互相疏远，弄得部族之间相互憎恶。在这强烈暴风面前，我们像灰烬一样四下飞洒，我们又像饥饿的狮崽一样在这腐尸附近争斗。这样的情况还会继续到何时？

"为了保住他们的宝座和使他们放心，他们武装德鲁兹人与阿拉伯人交战厮杀，鼓动什叶派与逊尼派争斗，挑动库尔德人屠杀贝都因人，煽动艾哈迈德派反对基督教徒。这种兄弟们当着母亲的面相互残杀、邻里在情人墓旁相互威胁、十字架与新月在上帝或安拉眼下相互疏远的局面会延续到何年？

"自由之神啊，请你留心聆听我们的声音！大地居民之母，请你

---

❶ 希律，《圣经》中的人物，又称大希律，罗马帝国统治时期第一任犹太国王，为除灭刚降生在伯利恒的耶稣，下令屠杀两岁以下的男孩。约瑟带耶稣逃往埃及不久，希律就死了。

❷ 尼禄，古罗马暴君，公元54—68年在位，以暴虐和放荡而闻名。

叛逆的灵魂

看看我们的面容。我们并非你的姐妹❶所生。请你用我们当中一员之口讲话,因为星星之火可点燃干柴。请用你的翅膀的拍击声唤醒我们当中一个人的灵魂,因为闪电发自一朵云彩,顿时可照亮川谷和山巅。请用你的意志驱散这片乌云,像霹雳一样降下,像弩炮一样摧毁高高居于骨、骷髅之上,镶嵌着贡品、贿赂金银、浸着血汗的宝座吧!

"自由之神啊,请听我们的声音!雅典之女啊,请怜悯我们吧!拯救我们吧!摩西❷的伴侣啊,救救我们吧!穆罕默德❸的情侣啊,快救救我们吧!耶稣的新娘啊,给我们施以教育,让我们的心强大起来,以便好好活着,或者加强敌人的力量,让其征服我们,消灭我们,我们也好永远宽舒!"

海里勒向苍天倾诉心里话,农民们的眼睛一直凝视着他,情感随着他的心跳而波动,那一时之间,仿佛海里勒变成了他们肉体里的灵魂。

海里勒说完,望着农民们,用平静的语调说:

"今夜把我们集合在阿巴斯谢赫家里,以便让我们看到白日的光明;暴虐让我们站在严寒夜空下,为了让我们相互理解,像雏鸟一样藏在不朽灵魂的双翼之下。现在,就让我们各自上床睡觉去,以便

---

❶ 此处指夫妻之间的互称。
❷ 摩西,《圣经》中的人物,古代以色列人的领袖。他带领以色列人历尽艰难,在旷野战斗四十年,征服了民族敌人,清除了叛逆党人,教育了广大民众,最后来到约旦河东地,还未来得及过约旦河到达目的地迦南,就死在尼波山上,终年一百二十岁。
❸ 穆罕默德,伊斯兰教创始人。

等待清晨与自己的兄弟相会。"

说罢,海里勒跟着拉希勒、玛丽娅回母女俩的茅舍去了。随后,众人们散去,各回自家,边走边思考着自己的所闻所见,感觉到自己的心灵中有一种新的生命在涌动。

一个时辰未过,茅舍里的灯熄灭了,寂静的饰带披在了那个村庄上,梦幻带着农民们的灵魂抛下阿巴斯谢赫的魂,让其与夜的幻影一道打更,在自己的罪恶面前发抖,在忧虑的毒牙之间尽受折磨。

八

两个月过去了,海里勒把自己灵魂的秘密全部倾注在了那些农村人的心中,每天都向他们谈他们的权利和义务,向他们描绘贪得无厌的修道士们的生活;一遍又一遍地向他们讲述残酷统治者的史实,从而使他与他们之间的感情牢牢地联系在一起,颇似那将星球之间相互紧紧联系在一起的永恒规律。他们总是高高兴兴地听他讲这谈那,就像久旱的土地笑迎喜雨;他们自己聚会时总是重述他讲的那些话语,仔细思考他的话中所指,由衷地热爱他这个人;与此同时,不再理睬胡里·伊里亚斯,虽然自从他的盟友阿巴斯谢赫的罪恶暴露之后,他竭力讨好他们、接近他们,本来像石头一样坚硬,如今变得像蜡烛一样柔软。

阿巴斯谢赫心灵上患了类似于疯癫的疾病,常像被锁在笼子里的老虎一样,在他家中的柱廊下来回走动。他常大声呼喊仆人,而回答他的只有墙壁。他高声向家丁发出求救喊声,而走来帮助他的只有他的可怜的妻子；他的妻子也像农民遭受他的欺压那样忍受着他的粗暴秉性。封斋的日子来临，苍天宣告春季到来，阿巴斯谢赫的日子随着冬日风暴的结束而结束，经过一番可怕的痛苦挣扎死去了。他的灵魂被他自己做的殓毯抬走，赤裸裸地停在那座我们可以感到它的存在，但却看不见的宝座面前。关于他的死因，农民们说法不一。有的说："他的情感紊乱，疯死了。"又有的说："失望毒害了他的生命，当他的权势消失时，便自杀身亡。"妇女们则走去安慰谢赫的妻子，回来告诉她们的丈夫们说他是吓死的，因为赛姆阿·拉米的鬼魂出现在他的面前，穿着血衣，而且在夜半时分，强行将谢赫带到五年前他死的那个地方。

* * *

四月的日子向村民们宣布了隐藏在海里勒与拉希勒之女玛丽娅的两颗灵魂之间的爱情秘密，人们个个喜笑颜开，人人心欢起舞。他们再也不担心唤醒他们心灵的青年远走高飞了，喜讯传出，人们奔走相告，欢庆海里勒成了他们每个人的近邻和可爱的女婿。

收获季节来临，农民们走向田地收割庄稼，然后成捆成抱运到打谷场上。阿巴斯谢赫再也不能凭借暴力掠夺粮食填充自己的谷仓，而是每个农民收获自己耕种的田地上的庄稼，于是那些茅舍里充满了小麦、玉米、美酒和食油。

海里勒与他们同辛苦共欢乐，帮助农民们收割庄稼，榨葡萄汁、采野果子。除了他心怀炽热的爱和具有充沛的活力，他不让自己与他们当中的任何人有什么不同。

自那年至今,那个村庄的每个农民都高高兴兴地收割自己辛苦种下的庄稼,欢欢喜喜地采摘自己栽种的果园的果实,土地属于耕者所有,葡萄园属于栽种、管理的农民。

如今,这件事已经过去了半个世纪,黎巴嫩人已经觉醒。旅行者取道走向杉树林,停下脚步仔细观看像新娘一样坐在谷梁山的那个村庄,只见低矮的茅舍已经变成了被肥沃农田和茂密果园怀抱的漂亮房屋。假若向某村民打听阿巴斯谢赫的历史,他会指着那一堆乱石和断壁残垣,说:

"这就是阿巴斯谢赫的公馆!这就是他的生平历史!"

假若有人问起海里勒,他定会把手高高举起,说:

"我们的好朋友就住在那里。至于他的生平历史嘛,我们的父辈则已用光构成的字符写在了我们的心坎上,那是日夜永远抹不去的……"

被折断的翅膀

谨将此书

献给凝神注视着太阳

抓火而手指不颤抖

从失明者喧嚣、呐喊声中

听取"绝对"精神乐声的女性

献给 M. E. H.[1]

纪伯伦

---

[1] M.E.H. 为纪伯伦毕生好友玛丽·伊丽莎白·哈斯凯勒（1872—1964）女士英文名字的缩写。

小序

当爱神用其神奇光芒打开我的眼界,以其火一般的手指第一次触摸我的心灵时,我刚满十八岁。赛勒玛·凯拉麦是第一位以其纯美唤醒我的灵魂的女性。正是她带着我走向崇高情感的天园;在那里,白昼像美梦一样闪过,黑夜婚礼似的消逝。

赛勒玛,正是她以她的美丽教育我们崇拜美,用她的柔情让我看到爱情的隐秘;正是她对我吟诵了精神生活长诗的第一行诗。

哪一个青年能不记得第一个用温情柔语、纯洁无瑕、美丽容貌使自己青年时代的疏忽大意、漫不经心为触及心神、豁然开朗的觉醒所替代的少女?我们当中谁能不无限思恋那样的奇妙时刻:当他留意之时,突然发现自己的整个身心发生了翻天覆地的变化,内心深处开阔、舒展开来,继而充满激动之情,因不肯吐露真实情况所带来的种种苦涩而感到欢快,又因由此引起的泪水流淌、思念及失眠而心满意足。

每个青年都有自己的赛勒玛,出现在自己生命春天的疏狂时期,使自己生活充满诗情画意,令自己白昼的孤寂为温馨所取代,夜晚的静寞为歌声所替换。

当我听到爱情通过赛勒玛的双唇在我心灵的耳旁窃窃私语时,我在大自然的影响与书籍、旅行的启示之间感到茫然若失、不知所措。当我看到赛勒玛像光柱一样矗立在我的面前时,我的生活一片空旷、荒芜、凄凉,酷似天堂中亚当昏睡不醒。赛勒玛·凯拉麦正是拥有这颗充满秘密和奇迹之心的夏娃;正是她使这颗心晓知了存在的实质,使之像一面镜子一样竖立在这些幻影面前。始祖夏娃用自己的意志和亚当的顺从,将亚当带出了天堂;而赛勒玛·凯拉麦则用她的甜美和我的适应性,将我带入了爱情和圣洁的乐园。但是，人类始祖的遭遇也降临到了我的身上，将亚当逐出天堂的火剑就像以利刀寒光威胁我的宝剑一样，在我违背训诫和品尝善恶果之前，就将我强行驱逐出了爱情乐园。

如今，那黑暗的岁月已经过去，用它的脚抹去了那些日子的画面，美梦留给我的只有痛苦的回忆，就像看不见的翅膀一样在我的脑袋四周扑扇拍击，激起我内心深处发出忧伤叹息，使我的眼睛落下失望与悔恨的泪滴……赛勒玛，俊美、纯洁的赛勒玛已走到蓝色暮霭之后去了。她留在这个世界上的痕迹只有存在于我心中的悲痛和位于松柏树荫上的一块大理石墓碑。那座墓和这颗心，只有二者堪谈关于赛勒玛的存在，而那守卫坟墓的寂静，决不会泄露神灵隐藏在棺材黑暗中的秘密，吸收逝者遗体养分的树枝也不会用叶子的沙沙响声道出墓穴内幕。至于这颗心的痛苦和忧伤，它是会说话的，而且现在正随着墨水滴落而倾诉，将爱神、美神和死神演出的那场悲剧幻影公布给光天化日。

散居在贝鲁特城的我的青年时期的朋友们，当你们路过松柏林附近的那片墓地时，请你们进到里面，不要作声，要缓缓行走，以免你们的脚步声惊扰长眠黄泉之下者的遗骸，恭恭敬敬地站在赛勒玛的墓旁，代我问候掩埋她的遗体的黄土，然后叹着气提醒我一句，并且请你们心中默默言道："啊，在这里，埋葬着那位青年的希望，灾难已将他逐出到了海外；就在这里，他的愿望泯灭了，他的欢乐荫翳了，他的眼泪流尽了，他的微笑消失了。他的惆怅在这无声荒冢之间与翠柏绿柳一道生长。他的灵魂伴着回忆每天夜里都在这座墓上盘旋，与寂寞的幻影一道重复着悲凉、凄苦的挽歌，与树枝一道哭悼一位少女：昔日，她是生命双唇间的一支动人的欢乐乐曲；如今，她已变成地心里一个对外无声的秘密。"

青年朋友们，我要你们凭你们心爱的姑娘起誓，定把花环放在我心爱的那位姑娘的坟上；但期你们放在一座被遗忘的坟墓上的那朵花，就像清晨的眼睛滴在凋谢的玫瑰花瓣间的露珠。

无言的悲伤

众人们，你们想必总是回忆起青春的黎明之时，期望青春画面回返，惋惜它的逝去。至于我，想起那时来，则像获得释放的囚徒回忆起监牢的墙壁和沉重的镣铐。你们把从童年到青年之间的那段时光称为黄金时代；其时，人全然不识愁苦滋味，就像蜜蜂越过腐臭沼泽飞向花团锦簇的果园，展翅高翔在种种烦恼、忧虑的上空。然而，我却只能将我的少年时代称为无声无形的痛苦时代；其时，那种种痛苦就像暴风一样居于与发作在我心中的各个角落，随着我的心发育成长而增多，直到爱神进入我的心中，打开心扉，照亮各个角落，那暴风方才离开那里，卷入知识世界的出口。爱情解放了我的舌头，我会说话了；爱情撕开了我的眼帘，我会哭泣了；爱情开启了我的喉咙，我会叹息诉苦了。

众人们，你们想必记得看见你们玩耍，听到你们纯洁心灵低语的田间、果园、广场和街道；而我也记得黎巴嫩北部那个美丽的地方。我只要合上双眼，不看周围的一切，那充满神奇和庄严的山谷和那座座以光荣与宏伟高耸入云的山峰便油然浮现，清澈可见；只要捂上双耳，不听那社会传来的喧嚣声，那条条溪水的潺潺流水声和那千枝万叶的沙沙响声便自然响在耳边。不过，我现在提及并思念的美妙景色只是乳儿对母亲怀抱的贪婪而已。正是那片美景折磨着我那被囚禁在少年时期的昏暗之中的灵魂，酷似笼中的猎隼看见一群群猎隼自

被折断的翅膀

由翱翔在广阔天空时所遭受的折磨。正是那片美景在我脑中充满静观的病痛和沉思的苦涩,并用半信半疑、模棱两可的手指在我的心周围织就了一层绝望的纱罗。我每到旷野去,总是愁眉苦脸而归;至于悲伤原因何在,我则全然不得而知。每逢傍晚抬眼远望那被夕阳染成的云彩,我总是感到心中郁闷难耐;至于郁闷意味着什么,我则完全猜不出。每当听到鸢鸟鸣唱或溪水欢歌,我总是悲伤地停下脚步;至于悲伤默示着什么,我仍然不知其中奥秘。

人们说:"愚昧是空虚的摇篮,空虚乃休闲之坟墓。"此种说法对于那些生来就是死人、活着如同行尸走肉的人来说,也许是正确的。但是,当盲目的愚昧居于醒悟的情感旁边时,那么,无知比无底深渊更加残酷,比死亡更加苦涩。一个多情善感而知识甚少乃至贫乏的敏感少年,则是太阳之下不幸的人,因为他的心灵总是处于两种不同的可怕力量之间:一种看不见的力量,载着他遨游云端,让他看到美梦雾霭之外的绝美万物;另一种可见力量,将他禁锢在大地之上,用尘埃蒙住他的眼睛,让他惊恐、迷惘在一片漆黑之中。

愁苦生着丝绸般柔软、神经极端敏感的手,它能牢牢抓住人的心,令其尽尝孤独寂寞之苦。孤寂是愁苦的同盟军,也是每一种精神活动的亲密伙伴。面对孤独寂寞作用和惆怅苦闷影响的少年的心灵,颇像刚刚结出花萼的白色百合花,在微风前瑟瑟抖动,花心迎着黎明之光开放,随着黄昏暗影的经过而合上花瓣。假若少年没有散心的娱乐场所和志同道合的友伴,那么,生活在他的面前就像狭窄的监牢一样,能够看到的只有四面结满的蜘蛛网,能够听见的只有各个角落传出的蛩虫鸣声。

拖累我的少年时代的愁苦并非源于我对娱乐场所的需求，因为当时我能玩耍的此类地方很多；也不是因为我没有志同道合的友伴，因为好友寻常，行处皆有。那种愁苦是我生来就有的一种心理病症，它使我喜欢离群独处，扼杀了我心灵中对于娱乐玩耍的倾向与爱好，摘去了我双肩上热望、幻想的翅膀，使我在万物面前就像倒映的画面、云天的色彩和树枝的线条，但却找不到一条通道，故无法顺之而下，化为溪流，唱着欢歌而奔向大海。

这便是我十八岁之前的生活面貌。在我经历的岁月中，那一年如同山顶，因为它使我停下脚步，仔细观看这个世界，让我看到了人类所走的路，让我看到了人类爱好的草原和他们所遇到的重重障碍以及他们的法律、传统的洞穴。

就在那一年，我获得了重生。一个人，假若不被愁苦孕育和被失望分娩，继而被爱情放在梦想的摇篮之中，那么，他的生命就如同存在书中的空白一页。

就在那一年，我看见天使透过一位美娘的眼神望着我；我还看见地狱的魔鬼们在一个罪恶男子的胸膛上大喊大叫，竞相奔跑。在生活的美妙与丑恶之中，谁没有看见过天使和魔鬼，他的心将始终远离知识，他的灵魂里也是一片空白，没有情感。

命运之手

在那充满奇异事情一年的春天，我在贝鲁特。四月的春风催开了百花，吹绿了城市花园里一片绚丽景象，仿佛那就是大地向蓝天宣告的秘密。巴旦杏树和苹果树穿上了洁白的香衣，展现在房舍之间，活像身着雪白盛装的天上仙子，受大自然派遣下凡，要做诗才横溢、想象力勃发的文人墨客的新娘和妻子。

天涯处处春光美，但最美的春天却在叙利亚❶……春乃未名神灵之魂，快步巡游在大地上，当来到叙利亚时，便放慢了脚步，回眸后望，与遨游在太空的帝王、先知们的灵魂相亲相近，和犹太国❷的溪流同唱所罗门❸的不朽《雅歌》❹，与黎巴嫩杉树一起重忆古老光荣。

春天的贝鲁特要比其余季节里美丽得多，因为春时既没有冬天的泥泞，也没有夏日的沙尘；处于冬季的雨水与夏令的炎热之间的贝鲁特，就像一位俏丽的少女，刚刚用溪水洗浴过，坐在岸上，正用阳光

---

❶ 此处特指史书上的大叙利亚，包括今叙利亚、黎巴嫩、约旦、巴勒斯坦等地。因这块地方曾属于东罗马帝国的"叙利亚行省"。
❷ 犹太国系位于死海与地中海之间的古代王国，此处泛指巴勒斯坦、黎巴嫩一带。
❸ 所罗门，《圣经》中的人物，大卫之子，古代以色列国王。他重知识，求智慧，人们把他看成智慧的化身。他既是政治家，又是作家和学者。所罗门做王四十年。
❹ 《雅歌》是《圣经·旧约》中的一卷书，属《圣录》，共八章。卷首云："所罗门的歌，是诗中的雅歌。"本书如果真为所罗门所作，其形成大约在公元前十世纪。本书文学体裁为诗歌。书中以优美动人的诗句，歌咏了男女之间炽热而又纯洁的爱情。

揩拭她那嫩白丰满的酮体。

在那充满阳春四月的沁人肺腑气息和令人振奋微笑的一天里,我去拜访了一位朋友。他住在远离社会尘嚣的一座房子里。当我们正用话语勾画我们的希望和理想线条时,一位可敬的老人走了进来。那老人年已花甲过五,朴素衣着和多皱的面孔足以表明他的庄重严肃。于是,我立即恭恭敬敬地站了起来。在我与他握手、问安之前,我的朋友走上前来,介绍说:"这位是法里斯·凯拉麦先生。"

之后,朋友又报我的名字,并说了句称赞的话。老人凝神注视了我片刻,用手指摸着他那布满雪白头发的高高前额,仿佛想追忆被忘却了的某件旧事图景,然后微微一笑,绽现出兴奋的神情,走近我说:

"你是我的一位老朋友的儿子,我的青春岁月都是陪伴着他度过的。能看到你,我是多么高兴!我多么想通过你见见你的父亲啊!"

听老人这样一说,我很激动,只觉得有一股无形的吸引力将我放心地拉近他,就像暴风来到之前,天性将鸟雀引领到自己的巢里。我们坐下来,老人便开始向我们讲起他与我父亲昔日的友情,追忆着与我父亲共同度过青春的年华,讲述着已被岁月用自己的心裹上了殓衣,并用自己的胸埋葬了的往昔的故事……老人们回忆自己的青年时代,就像江湖游子思返故乡的情感一样;他们喜欢讲述少年时代的故事,如同诗人喜吟自己的得意杰作。他们总是依靠居于往时角落的一种精神生活着,因为现实在他们的面前飞闪而过,从不顾盼他们;而未来,在他们的眼中,好像也罩着一层灰蒙蒙的雾霭和坟墓里的幽暗。

我们在交谈、回忆中度过的一个时辰,就像树荫掠过青草地那样飞闪过去了。法里斯·凯拉麦站起身来要离去,我急忙上前去与他

被折断的翅膀

告别。他用右手拉住我的手,左手搭在我的肩膀上,说:

"我已二十年没有见到你的父亲了,但期你常来玩儿,以弥补你父亲长久远离之缺憾。"

我弯腰施礼表示感谢,并答应尽到儿子对父亲的好友应尽的义务。

法里斯·凯拉麦出门后,我的朋友又用带着某种谨慎的口气,向我讲了他的一些情况。我的朋友说:

"在贝鲁特,我不知道有第二个像他这样的人:财富使他成了公德高尚之人,而美德又使他变得更加富有。有极少数的人能够从来到世上起,到离开世上为止,从不伤害任何一个人的心灵;而这位老者则是这极少数人当中的一位。不过,这些人往往都是不幸的受气者,因为他们不懂得如何用计谋挣脱人们的奸诈与狠毒……法里斯·凯拉麦有个独生女,与他一起住在城郊的一座豪宅里。女儿的性格很像父亲,在女性中没有像她那样温柔贤淑、容貌俊秀的姑娘。不过,她也是很不幸的,因为父亲的大笔财富现已使她站在一个可怕的无底深渊的边沿。"

我的朋友说出这后几句话时,面上浮现出忧虑和惋惜的阴云。之后,他又说:"法里斯·凯拉麦是位心地善良、品格高尚的老人,但却是个意志软弱的人;人们的伪善领着他走,就像是领着一个盲人;人们的贪婪让他止步,就像让一个哑巴站住。他的女儿虽然心存巨大力量和才能,但却完全屈从于父亲的薄弱意志。这便是隐藏在父女生活背后的秘密。有一个贪婪而虚伪、狠毒而狡诈的人晓知了这一秘密,这个人便是大主教;他用《圣经》掩盖他的丑魂,在人们面前显得像美德一样。他是多宗教、多教派之国中的一教之主,人们的灵魂和肉体都害怕他,都像牲口在屠夫面前低下脖子那样,在他面前俯首顶礼膜拜。这位大主教有个侄子,各种腐朽、罪恶因素在他心灵中相争互斗,酷似蝎子、毒蛇在山洞、沼泽边上翻滚。没过几天,大主教就要穿着他的黑衣长袍,让他的侄子站在他的右边,让法里斯的女儿站在他的左边,举起他那罪恶的手,将结婚花环置于二人的头上,用预言、符咒的锁链将一个圣洁的躯体与一具腐尸连在一起,用腐败法律之掌将一个天魂与一个泥团捏合在一起,将灿烂白昼之心放在昏暗黑夜之胸中。关于法里斯老人及其女儿的情况,现在我只能给你讲这么多,你不要问更多的事情。因为一提灾难,灾难就会临近,就像怕死一样,死亡会立即来临。"

说到这里,我的朋友转过脸去,透过窗子向天空望去,仿佛想在以太中寻觅日与夜的秘密。

这时,我原地站起身来,握住他的手,与他告别时,对他说:

"明天我去拜访法里斯·凯拉麦,一方面履行我的诺言,另一方面表示对他与我父亲友谊留下的珍贵回忆的敬重。"

我的朋友愣了片刻,他的面色也变了,仿佛我那简单的两句话引发他产生了一种新的可怕的想法。之后,他用奇异的目光久久注视着我,那目光中包含着友爱、同情与恐惧,就像先知的目光,看到灵魂深处有一种连灵魂自身都不知道的东西。他的双唇颤动了一会儿,但什么也没说。我离开他,带着杂乱心绪向门口走去。在他向后转身之前,我看到他的双眼仍在用奇异的目光望着我;我始终没有弄明白那目光的含义,直至我的心灵脱离了可以度量的世界,飞向了天国,在那里心与心凭眼神相互了解,灵魂靠相互了解而成长。

在神殿门口

几天之后，我厌倦了孤单独处，也看累了书的愁容，于是登上马车，直奔法里斯·凯拉麦家而去。当车子行至人们常来游玩的松柏林时，车夫掉转马头，离开大路，一阵小跑，拐入一条柳荫走廊，两旁绿草葱茂，葡萄藤架枝叶繁茂，四月的鲜花张着口绽现出微微笑容，红的像玛瑙，蓝的像祖母绿宝石，黄的像金子。

不大一会儿，车子便在一座孤零零的住宅前停了下来。那座住宅周围是个大花园，树木枝条相互搭肩拥抱，空气中散发着玫瑰花、茉莉花和素馨花的芳香。

我刚在花园里走了几步，法里斯·凯拉麦便出现在宅门口，走来迎接我，仿佛响在那个孤零零地方的车马声已经宣布我的到来。老人笑容满面地表示欢迎，随之把我带进客厅，像一位思念心切的父亲那样让我坐在他的身旁，开始和我交谈，细问我的过去，探询我未来有何打算。我一一回答老人的问话，语气中充满美妙梦想和雄心宏愿的音调，这也是青年人在被幻想推上艰苦、麻烦频频而至的实际工作岸边之前惯于引吭高歌的调门儿……青年时代生着诗的翎羽、幻想神经的翅膀，青年人凭之飞上云端，看见世间的一切都像彩虹一样，五光十色，耀眼夺目，美不胜收；他们听到世间生灵无不放声唱着光荣与辉煌的赞歌。但是，那诗情画意一般的幻想翅膀不久就会被严厉考验的暴风撕碎，青年们也无可奈何地落到现实世界上；那现实世界是一面奇怪的镜子，人会从中看到自己的心灵那样渺小，那样丑陋。

就在这时，一位少女出现在天鹅绒门帘前，身着洁白光亮的绸衣，缓步朝我走来。她站住后，法里斯老人站起来向我介绍说：

"这是我的女儿赛勒玛。"

老人道出了我的姓名，介绍了我的情况之后，说：

"许久许久没有见到那位老朋友了，如今岁月让我看到了他的儿子。"

少女走到我的面前，眷恋地凝视着我的双眸，仿佛想求我的眼神讲出我的真情实况，从中得知我的来意。然后，她握住我的手；她的手洁白、柔嫩，足以与田野上的百合花相媲美。手掌相接触的刹那，我的心中顿生一种奇异的情感，很有些像作家驰骋想象力开始构思诗句时的心情。

我们默默地坐下来，仿佛赛勒玛把一种暗示沉静、庄重的高尚精神带进了客厅。好像她感觉到了那一点，于是望着我，微笑着说：

"家父常常对我谈起令尊大人，多次讲起他俩青年时代的故事。如果令尊大人给你讲过那些往事，那么，我们之间的见面就不会是第一次了。"

法里斯老人听女儿这样一说，眉开眼笑，欣喜不已。他说：

"赛勒玛在爱好和主张上都是精神至上者。在她看来，世间一切东西都遨游在心灵世界中。"

就这样，法里斯老人又全神贯注、无限温情地与我交谈起来，宛如在我的身上发现了一种神奇的秘密，使他重新坐上回忆的翅膀，向

被折断的翅膀

着逝去的青春岁月飞去。

老人凝目注视着我，试图追回自己青春时代的影像；我则凝神注目着他，梦想着自己的未来。他望着我，就像布满季节变化痕迹的参天大树，俯视着一棵充满雄心大志、满目生机的幼苗；大树年迈根深，饱经岁月的酷夏寒冬和时代狂风暴雨的考验，而幼苗却弱小柔嫩，只见过春天，晨风吹来便瑟瑟颤抖。

赛勒玛默不作声，时而望望我，时而瞧瞧父亲，仿佛正在我俩的脸上阅读故事的首章和末尾。

白昼叹着气从花园和果林中走过。夕阳西下，留给老人宅院对面的黎巴嫩高山峰巅金黄色的吻痕。法里斯·凯拉麦向我讲述了他的故事，令我惊异出神；我在他面前尽情唱着我的青春之歌，使他感到欣悦。赛勒玛坐在窗子旁边，用悲凉的双眸望着我们，一动不动，静听我们谈话，一声不吭，仿佛她知道美自身有一种语言，浑然天成，无需口舌发出的声音与节奏；那是一种永恒的语言，包含人类的全部音韵，使之成为一种无声的情感，就像平静的湖泊，将万川溪流的歌声吸纳到自己的心中，使之成为永恒的寂静。美是一种秘密，只有我们的灵魂了解它，为它而欢欣鼓舞，依靠它的作用而成长发育；而我们的思想，则站在它的面前不知所措，虽竭力试图用语言给它下个定义，将之形象化，但却完全无能为力。美是一种眼睛看不见的暗流，在观者的情感与可见事实之间波涌翻动奔流。真正的美是一种光，发自灵魂中最神圣的地方，照亮肉体的外表，酷似生命源于果核之内，为鲜花送去彩色和芳香。美是男女之间顷刻之间达成的完全互相理解，刹那间诞生的凌驾于一切兴趣之上的爱慕之情，那便是被我们称为爱情的灵魂倾向。

那天傍晚,我的灵魂理解了赛勒玛的灵魂。究竟是这种相互理解使我把她看作太阳面前最美的姑娘,还是一种青春的醉态,使得我们幻想着根本不存在的美妙图景和幻影?莫非是青春使我二目昏黑,使我幻想到赛勒玛明眸放光、粉唇甜蜜、身段苗条,还是那种明光、甜蜜、苗条打开了我的眼界,以便让我眼观爱情的欢乐和痛苦?所有这些,我都说不清楚。但是,我却知道自己尝到了一种在此之前从未感受到的情感;那是一种崭新的情感,它绕着我的心从容不迫地蹒跚晃动,就像灵魂在创世之前徜徉在海面之上。我的幸福与不幸从那种情感中诞生,如同万物按照上帝的意志轮回出现,转世再生。

我与赛勒玛初次见面的时刻就这样过去了。苍天如此想,并且出乎意料地将我从困惑的奴役和少年的烦恼中解放出来,让我自由自在地行进在爱情行列里。爱情是这个世界上的唯一自由,因为它将灵魂提升到一个人类法律和传统达不到的崇高地位,就连自然法则与规律也无法控制它。

当我站起身来要告辞时,法里斯老人走近我,用真诚感人的声音说:

"现在,你已认识了到这家来的路,你到这里来,应该感到有一种把我引领到你父亲家的信心,应该把我和赛勒玛当成你的父亲和妹妹——不是吗?赛勒玛!"

赛勒玛点头表示同意。之后,她望了我一眼,那一眼,类似于一个迷路的异乡客忽然看到一个熟人时闪现的目光。

法里斯老人对我说的那番话，正是我与他的女儿一起站在爱神宝座前的第一曲，也是以痛哭、哀悼而结尾的天国之歌的序曲。那番话又是一种力量，给我俩的灵魂以激励，我们便接近了光和火。那番话也是杯盏，我们从中饮下了多福河❶水，也喝下了苦西瓜汁。

　　我出了门，老人一直把我送到花园尽头。我告别了父女二人，心在胸中剧烈跳动，如同干渴者的双唇触及水杯沿时颤抖不止。

---

❶　多福河，宗教传说中天堂里的一条河的名字。

盛燃的白炽火炬

四月过去了。在过去的一个月里，我常去法里斯老人家，与赛勒玛见面，在花园里对坐长谈，细观她的美丽容颜，欣赏她的天赋才气，静听她那无声的忧愁，只觉得有无数只无形的手在把我拉向她。那每一次访问，都会向我揭示她的一层重新含义和她灵魂奥秘中的一层高深秘密，致使她在我的眼前变成了一本书，我读了一行又一行，背了一节又一节，唱了一曲又一曲，却总也读不完，唱不尽。

神赐予女性以心灵美和形体美，那是既明显而又神秘的现实，我们只能用爱情理解她，用圣洁感触她，而当我们试图用语言描绘她时，她却远离我们的视野，隐藏到迷惑和模糊的雾霭之后去了。

赛勒玛心灵、形体俱美，我如何向不认识她的人描述她呢？坐在死神翅膀阴影下的人怎能唤来夜莺鸣啭、玫瑰细语和溪水吟唱？一个拖着沉重镣铐的囚俘怎能追赶黎明的微风吹拂？不过，沉默不是比说话更难过吗？既然我不能用金线条描绘赛勒玛的真实相貌，难道恐惧之意能够阻止我用浅薄词语叙述赛勒玛的幻影吗？行走在沙漠中的饥饿者，假若苍天不降甘露和鹌鹑，他是不会拒绝啃干面饼的。

赛勒玛身材苗条，穿着洁白长绸裙出现时，就像从窗子射进去的月光。她举止缓慢、稳重，颇有些像《伊斯法罕曲》❶。她的嗓音低沉、甜润，间或被叹息声打断，就像随着微笑波动的露珠从花冠上滴落而下一样，她的语音由绛唇间滑落而出。她的面容嘛，谁能描绘赛勒玛的面容呢？我们用什么样的字眼、词语，能够描述一张痛苦、平静、被遮罩着的，而不是由透明面纱遮罩着的面容呢？我们用什么样的语言，能够谈论每时每刻都在宣布心灵秘密，每刻每时都在向观者提及一种远离这个世界的精神世界的容貌呢？

赛勒玛的容貌美并不合乎人类所制定的关于美的标准和尺度，而是一种像梦一样的奇异之美，或者说像幻影，或者说像一种神圣思想，不可丈量，无可比拟，不能界定，画师的笔描绘不出，雕刻家用大理石雕刻不成。赛勒玛的美不在于她那一头金发，而在于金发周围的圣洁光环；她的美不在于她那一对明亮的大眼睛，而在于明眸内闪烁出的亮光；她的美不在于她那玫瑰色的双唇，而在于唇间溢出的蜜糖；她的美不在于她那象牙色的脖颈，而在于脖颈微微前倾的形象。赛勒玛的美不在于她那完美的体形，而在于她的灵魂高尚得像是一柄盛燃的白炽火炬，遨游在大地与无尽天际之间。赛勒玛的美是一种诗情画意，我们只能在高雅诗篇、不朽的画作和乐曲中才能看到她的影子。才子们总是不幸的，无论他们的灵魂多么高尚，却总是被一层泪水包裹着。

赛勒玛多思而寡言。不过，她的沉默是富有音乐感的，总是带着她的思考转移向遥远美梦的舞台，使之能听见自己的脉搏，可看到

---

❶《伊斯法罕曲》，一首乐曲，请参看纪伯伦传世经《音乐短章》中的"伊斯法罕曲"。

自己的思想幻影和情感出现在自己的眼前。

与赛勒玛品质和性格形影不离的特质是深沉、强烈的忧愁。忧愁本是一种精神绶带，赛勒玛披上它，则使她的体态更加美丽、庄重、奇异，她的心灵之光透过布丝露出来，就像透过晨雾看到的一棵繁花盛开的大树，忧愁将我俩的灵魂紧紧联结在一起。我俩都能从对方的脸上看到自己内心的感受，都能从对方的胸中听到自己话语的回音，仿佛神灵已经把我们每个人变成了另一个人的一半，通过圣洁之手结合在一起，便成为一个完整的人；谁离开谁，都会感到灵魂中有一种令人痛苦的缺憾。

一颗痛苦的心灵与另一颗有相似情感与感受的心灵结合在一起，能找到安慰与快乐，正如在远离祖国土地的两个异乡客之间感到亲切一样。忧愁、患难之中相互贴近的心，浮华的欢乐是不能将它们分开的。心灵中用痛苦拧成的纽带要比欢乐织成的纽带牢固得多。眼泪洗刷过的爱情总是圣洁、美丽、永恒的。

暴风骤雨

过了几天，法里斯老人邀我到他家吃晚饭，我欣然前往。我的心灵很馋老天爷放在赛勒玛手中的那种圣饼。那是一种精神圣饼，我们用心中之口吞食，越吃越觉得饥饿；那是一种神奇圣饼，阿拉伯人盖斯❶、意大利的但丁❷、希腊的萨福❸尝过它的滋味，不禁肝肠起火，心被熔化。那圣饼由神灵用亲吻的甜蜜和泪水的苦涩和成的面团做成，专供敏感、醒悟的心灵餐食，以便以其滋味令心灵欢欣，以其效应使心灵遭受折磨。

来到家中，我发现赛勒玛坐在花园一角的一张木椅上，头靠着一棵树干，身穿洁白长裙，像是一位幻想中的新娘，守在那个地方。我默不作声地走近她，像一个虔诚的拜火教徒坐在圣火前那样，在她的身旁坐了下来。我想说话，但发现自己张口结舌，双唇僵硬，只好沉默不语。一种无限深邃的情感，一经用具体语言表达出来，难免失去它的部分特殊意味。不过，我觉察到，赛勒玛正在静听着

---

❶ 伊姆鲁·盖斯（500—540），阿拉伯蒙昧时期著名诗人，《七悬诗》作者之一。
❷ 但丁（1265—1321），意大利著名诗人。《神曲》是其代表作，由《地狱》《炼狱》《天国》三部分组成。
❸ 萨福，古希腊女诗人。有人曾把她同荷马相比，说男诗人中有荷马，女诗人中有萨福，还有人称她为第十位诗歌女神（在古希腊神话中，司文化的女神共有九位）。她共留下九卷诗。

我内心的自言自语；与此同时，她也从我的双眸中看到了我那颗颤抖心灵的影像。

片刻之后，法里斯老人来到花园，朝着我走来，照习惯向我伸出手来表示欢迎，似乎也想对我与赛勒玛两颗灵魂联结在一起的隐秘表示祝贺。他微笑着说：

"我的孩子，快来吃饭吧！晚饭在等着我们呢。"

我们站起身来，跟着老人走去。赛勒玛用充满柔情的目光望着我，好像"我的孩子"一语唤醒了她内心的一种新的甜蜜感觉，其中包含着她对我的爱，如同母亲抱着孩子。

我们围桌坐下，边吃边喝边谈。我们坐在那个房间，津津有味地吃着各种可口美食，品尝着各种玉液琼浆，而我们的灵魂却不觉地遨游在远离这个世界的另一天地，梦想着未来，准备着应付各种可怕局面。三个人因生活志向不同，故想法各异，但他们的内心都怀有诚挚的友谊与至爱。三个人都是清白的弱者，他们感情丰富，而所知甚少，这便是心灵舞台上演出的悲剧。一位年高德劭的老人，甚爱自己的女儿，只关心女儿的幸福；一个芳龄二十岁的姑娘，对自己的未来总是近看看，远看看，注目凝视，目不转睛，以便看看究竟是什么欢乐和不幸在等待着自己；还有一个小伙子，梦想联翩，忧思重重，既没有尝过生活美酒的滋味，也没有喝过生活的酸醋，一心想鼓翼飞翔在爱情和知识的天空，但因太弱，站都站不起来。三个人在远离喧嚣城市的一座宅院里，围坐着一张精美雅致的餐桌，夜色一片寂静，天上的繁星凝视着庭院。三个人边吃边喝，而天命却将苦涩与棘刺埋在了他们的盘底和杯中。

我们刚吃完饭,一个女仆走了进来,对法里斯老人说:

"老爷,门外有人求见。"

老人问:

"谁呀?"

女仆回答道:

"我猜想他是大主教的家仆,老爷。"

法里斯沉默片刻,随后就像先知望着天空那样,凝视着女儿的眼睛,以便看看女儿隐藏的秘密。之后,他转过脸去,对女仆说:

"让他进来吧!"

女仆闻声离去,过了一会儿,一条汉子出现了,身着绣金长袍,髭须两端上翘,哈腰问过安好,便对法里斯说:

"大主教阁下派我用他的专用马车来接你,他请你去,有要事与你相商。"

老人站起来,脸色都变了,原本春风满面的脸忽然蒙上了一层沉思的面纱,然后走近我,用温柔、甜润的声音说:

"我希望回来时还能在这里见到你。你在这里,赛勒玛能得到安慰,说说话可以驱逐夜下的寂寞,心灵的乐曲能够消除孤单的烦闷。"

然后望着女儿,笑着问道:

"赛勒玛,不是这样吗?"

姑娘点头称是,面颊顿时稍显绯红,继而用足以比笛声柔美的话音说:

"我会尽心尽力让我们的客人感到快乐的,爸爸!"

老人在大主教家仆的陪伴下出了门,赛勒玛凭窗而站,望着大路，直至马车的影子消隐在夜幕之中，随着车子渐渐远去，车轮声渐渐消失，马蹄的嗒嗒响声也被寂静吞没了。

赛勒玛在我对面的沙发上坐下来，绿缎子的沙发布面衬托着她那洁白的长裙，她就像绿色草坪中被晨风吹弯腰的百合花。

老天有意成全我的心愿，让我在远离尘嚣的住宅与赛勒玛单独相会，更有万木护卫，一片寂静，爱情、圣洁和美的幻影自由徜徉、漫步在房舍四周。

几分钟过去了，我俩默默无言，不知所措，静静沉思，都在期盼着另一个人先开口说话。难道那就是实现相爱灵魂之间互解共通的话语吗？莫非那就是发自唇舌、使心神相互接近的声音与节拍吗？莫非没有一种东西比口说出的更高尚、比声带为之震动的更纯洁吗？那不就是将一个心灵送往另一个心灵，将一颗心的低语传入另一颗心的无声寂静吗？那不就是寂静将我们从自身中解脱出来，遨游无边的精神太空，接近田园吗？我们感到自己的躯体不过是个狭窄牢笼，这个世界无异于遥远的流放地。

赛勒玛望着我，眼神已透露出她心灵的秘密。之后，她用令人心荡神驰的镇静口吻说：

"我们到花园里去，坐在树下，观赏一下月亮爬上东山的壮景吧！"

我顺从地站起来，阻止说：

"赛勒玛，我们站在这里待到月亮升起、照亮花园不是更好吗？现在夜色笼罩着花木，我们什么也看不见呀！"

她回答说：

"黑暗即使能够遮住眼前的花草树木,但却遮挡不住心中的爱情。"

她用非同寻常的语气说了这么一句话,然后把目光转向窗子,我则默默思考着她的话,想象着每个词语的意思,琢磨着每个字的真实含义。过了一会儿,她转过脸来,凝神注视着我,仿佛对自己说出的话感到后悔,想借自己的神奇目光,从我的耳朵里收回她讲出的那句话。但是,那神奇目光的作用恰恰相反,不但收不回那些话,反倒使那些更清楚、更深刻地留在我的胸中,紧紧贴着我的心,随着我的情感起伏涌动到生命的最后一刻。

这个世界的每一件伟大、美好的事物,均诞生于人内心深处的一种想法或一种感受。我们所看到的历代的作品,在其出现之前,原本是隐藏在男子头脑中的一种想法或女子胸中的一种美好的情感……使鲜血像溪水一样流淌、奉自由为神灵崇拜的可怕暴动,原本不过是生活在成千上万男子中的某位男子头脑中的一种浮想;令宝座倾覆、王国灭亡的痛苦战争,起初也仅仅是某个人头脑中的一个念头;改变人类生活进程的崇高学说,本来也只是才华出众的一个人心中的一种带有诗情的意向。一种想法建造了金字塔,一种情感毁灭了特洛伊城,一个念头创造了伊斯兰光荣,一句话烧毁了亚历山大城图书馆。

夜深人静时产生的一种想法,有可能带你走向光荣,也可能引你步入疯狂;一个女人的一瞥,可使你成为最幸福的人,也可能使你成为最不幸的人;一个男子说的一句话,可使你由穷变富,也可能使你由富变穷……在那静悄悄的夜里,赛勒玛说的那句话,使我像停泊在海涛与苍天之间的船一样站在过去与未来之间。一句意味深长的话,将我从青年时代的昏睡和空虚中唤醒,把我的岁月带上通向死去活来的爱情舞台的一条新路。

我们来到花园里,行走在花木之间,只觉微风用它那看不见的手指抚摸着我们的脸面,鲜嫩的花和柔软的草在我们的脚下摇摆晃动。我们终于行至素馨花树荫下,在一张长木椅子上默不作声地坐了下来,静听沉睡的大自然的呼吸,用甜润的叹息声,在透过蓝天望着我们的天目面前,揭示彼此心中的隐秘。

月亮爬上了萨尼山,月光洒遍山巅、海岸,山谷坡上的农村清楚地显现出来,仿佛无中生有,突如其来。整个黎巴嫩山脉出现在银色月华下,就像一位曲肱而枕的青年,盖着一层轻纱,肢体若隐若现。

西方诗人心目中的黎巴嫩是个梦幻般的地方。不过,就像随着亚当、夏娃被逐,天堂被遮掩起来那样,随着大卫[1]、所罗门和众先知的逝去,黎巴嫩的真实面貌也渐而消隐了。黎巴嫩是一个诗般的词语,而不仅仅是一个山名,它象征着内心的一种情感,使人想象到一幅幅奇妙的美景:繁茂的杉树林,散发着袭人的清香;用青铜和大理石建成的高塔,那是光荣与伟大的标志;一群群羚羊蹒跚漫步在山

---

[1] 大卫,《圣经》中的人物。以色列犹太族人,在公元前一世纪,生于伯利恒的以法地。他长得英俊,能写诗,会弹琴,又智勇善战。他幼时在家放羊,青年时做扫罗的战士长,后为犹大王。大卫做王四十年,先在希伯仑做犹大王,后在耶路撒冷做统一的以色列王三十三年。大卫妻妾众多,儿女成群。在耶路撒冷做王初期,大卫强占属下官员的美貌妻子拔示巴,她生下个儿子叫所罗门。

冈和谷地。那天夜里，我看到黎巴嫩宛如诗意的幻象，像白日的梦境一样呈现在我的眼前。随着我们情感的变化，我们眼前的一切东西都变了模样。当我们心灵中充满神奇的妖丽时，我们想象着一切东西都蒙上了神奇与妖丽的色彩。

赛勒玛望着我，月光照着她的面孔、脖颈和手腕，她就像美与爱之神阿施塔特的崇拜者雕刻成的一尊象牙雕像。

她问我：

"你为什么不说话呢？为什么不向我谈谈你过去的生活呢？"

我望着她那对明亮的眼睛，像突然开口说话的哑巴一样回答她说：

"我一来到这个地方就说话，难道你没有听见？自打进了花园，莫非你没有听见我说的话？你的心灵能听到百花低语和寂静唱歌，也一定能听见我的灵魂和心的呐喊声。"

她用手捂着自己的脸，然后用断断续续的声音说：

"我已听到你的声音……是的，我已听到了。我听到了发自黑夜的肺腑的呐喊声和发自白昼之心的高声喧嚣。"

我忘记了自己过去的生活经历，忘掉了自己的存在，忘记了一切，只知道赛勒玛，只感觉到她的存在，立即说：

"赛勒玛，我已听到你的声音，听到了一曲起死回生、引人入胜的伟大歌声，太空中的尘埃为之波涌翻腾，大地之基因为之摇晃震动。"

赛勒玛合上眼，深红色的唇上绽现出一丝苦苦微笑，然后低声说：

"现在我知道了,有一种东西比天高,比海深,比生死和时光更强有力。我现在知道了那种昨天不知道,也不曾梦想过的那种东西。"

从那一时刻起,赛勒玛变得比朋友更亲密,比姐妹更亲近,比情人还可爱。她变成了一种与我的头脑形影不离的崇高思想、包围着我的心的一种温情和萦绕我心灵的一个美梦。

认为爱情必诞生于长期相处、久相厮守的人们是多么无知啊!真正的爱情是灵魂互解的结晶;假若这种互解不能在片刻之内实现,那么,即使一年、一代也是实现不了的。

赛勒玛抬起头来,向着萨尼山与天边相接的遥远天际望去,然后说:

"昨天,你还像我的一位长兄,我放心地与你接近,在父亲在场的情况下,我可以坐在你的身旁。而现在,我觉得有了一种比兄妹关系更强烈、更甜蜜的东西。我觉得那是一种超越一切关系的一种奇妙情感,那是一种强烈、可怕、可爱的关系,使我的心中充满痛苦与欢乐。"

我回答她说:

"我们害怕的、我们的心胸为之颤抖的这种情感,难道不就是那种令月亮绕着地球转、地球绕着太阳转、太阳及其周围一切绕着上帝转的绝对规律的一部分吗?"

赛勒玛容光焕发,眼噙泪花,就像水仙花瓣上的露珠闪闪发光。她用手抚摩着我的头,将手指插在我的头发里,然后说:

"哪个人会相信我们的故事呢?谁相信在日落月出的时辰里,我

被折断的翅膀

们已跨越了怀疑与诚信之间的一切障碍和隘口呢？谁能相信我们初次见面的四月竟是让我们站在了生命最神圣殿堂的阳春之月呢？"

她说话时，我低着头，她的手一直在抚弄着我的头发。此时此刻，假若让我选择，我会放弃王冠和花环而选择抚弄我如丝头发上的那只柔嫩的手。

我回答说：

"人类不相信我们的故事，因为他们不知道爱情是唯一一朵不需季节合作而成长、发育的鲜花。难道让我们初次见面的是四月吗？使我们站在生命最神圣殿堂的是这一时辰吗？难道不是上帝之手在我们出生、沦为白昼与黑夜的俘虏之前，就把我们俩的灵魂融合在一起了吗？赛勒玛，人的生命并非从子宫里开始，也不是在坟墓前结束。这个充满月华星光的浩瀚宇宙，不乏以爱情相互拥抱的灵魂和以互解联合化一的心灵。"

赛勒玛轻轻地抽回自己的手，将电的波浪留在我的发束之中，在夜间的微风吹拂戏动下，波浪起伏翻动有增无减。我伸出双掌，捧住她那只手，就像虔诚的教徒抚摩圣坛的帷幔祈祷祝福那样，将之放在我那火热的双唇间，久久、深深地亲吻；那热吻能用它的高温熔化人心的一切感受，能用它的甜美唤醒神灵中的一切纯真情感。

一个时辰过去了，其中的每一分钟均等同眷恋情深的一年。夜色寂静，月光如水，周围是一片林木花草。当我们沉醉在人忘掉一切、只晓爱情真实的境界之中时，忽然听到马蹄、车轮声在迅速地靠近我们，我们立即从那甜滋滋的昏迷中苏醒过来，由幻梦世界回到了使我们感到进退两难、困惑难堪的现实世界。我们知道法里斯老爹已从大主教家回来了，于是走出花园，等待他的到来。

马车在花园入口停下，法里斯老人下了车，低着头缓步朝我们走来。老人家如同背负重载，疲惫不堪，走到赛勒玛跟前，双手搭在她的肩上，久久地凝视着她的面容，仿佛怕她的形象消失在他那昏花的双眼里。随之，老泪纵横，淌落在他那满布皱褶的面颊上，双唇抖动，绽现出凄楚的微笑，用哽咽的声音说：

"赛勒玛，过不多久……多不了几天，你就要离开爸爸的眼前，投入另一位男子的怀抱中去了。过不了多久，上帝的教法就要把你从这个孤零零的家里带到宽广的天地中去了。到那时，这座花园将会思念你那缓慢稳重的脚步，爸爸也将变成陌生人了。赛勒玛，天命已经开口说话，愿苍天为你祝福，求苍天保佑你！"

赛勒玛听父亲这么一说，面色顿改，两眼呆滞，仿佛看到了死神的影子站立在她的面前。随即，她抽抽噎噎地哭了，像被猎人射中的鸟儿，扑扑棱棱地落在低洼地上，疼得周身颤抖不止。她用被深深痛苦打断的声音大声喊道：

"您说什么？您说的是什么意思？您想把我打发到哪儿去呀？"

赛勒玛凝视着父亲，好像她想用目光揭去掩藏他胸中秘密的那层包裹。一分钟死一般的沉寂过去之后，赛勒玛叹了一口气，说：

"我现在明白了……我全明白了……大主教夺去了您的爱女……他为这只被折断翅膀的鸟儿准备好了笼子……爸爸，这就是您的想法和意志吧？"

法里斯老人只用深深的叹息作为回答，然后将赛勒玛领进厅堂，慈爱之光从不安的面容上顿泻而出。我留在树林里，一时不知如何是好，情感被困惑戏动，如同秋风横扫落叶。过了一会儿，我跟着父女俩进了厅堂。为了掩饰爱打听别人隐私的好管闲事者的外表，我握住老人的手告别，又用类似于被淹死的人望着苍穹顶上一颗明亮的星星那样的目光望了赛勒玛一眼，然后转身出了门，父女俩谁也没有觉察到我已离开那里。但是，当我行至花园尽头时，忽听老人呼唤我，我回头望去，发现他追了出来。我立即回头迎他。当他握住我的手时，用颤抖的声音说：

"原谅我，孩子！是我使你今夜以眼泪宣告结束。不过，你将会常来看我的，不是吗？当这个地方变得空空荡荡，只留下一个老人度过痛苦的风烛残年时，你能不来看我吗？当然，风华正茂不喜风烛残年，宛如清晨不与黄昏相会，但你将常来我这里，以便让我回忆起我在你父亲身旁度过的青春时光，让我重新听到那不再属于我的生活故事，难道不是这样吗？当赛勒玛走后，只有我一个人孤单单地住在这座远离众人家宅的房子里时，你会不常来看我吗？"

老人说出最后几句话时，声音低沉、断续。当我握住他的手，默默地抖动时，我感到几滴热泪夺眶而出，滴在了我的手上。此时此刻，我的心灵颤抖起来，只觉得对他有一种做儿子的情感在胸中涌动，甜蜜而痛苦，像感觉口渴一样直冲上双唇，然后又像难言的痛苦一样回到心的深处。我抬起头来，看见他的泪水簌簌下落，我的眼泪也夺眶而出。他稍稍弯下腰，用颤抖的双唇吻了吻我的前额，然后把脸转向宅门，说：

"晚安……晚安，孩子！"

满布皱纹的老人脸上那一滴闪光的泪水，要比青年人滚滚的泪水给人的心灵带来的震撼强烈得多。

青年人的滚滚泪水溢自泪水充裕的心间,而老人的泪却倾于眼角的残余泪滴,也是虚弱体内的剩余活力。青年人的眼泪像玫瑰花瓣上的露珠,而老人的眼泪则像舞动的黄叶,预示着生命的冬天已经临近。

法里斯老人的身影消隐在两扇门后。我走出了那座花园,而赛勒玛的话音依然绕在我的耳际,她的美貌像幻影一样蹒跚行走在我的眼前,老人的眼泪也在我的手上慢慢干了。我离开那个地方,宛如亚当离别了伊甸园,但这颗心中的夏娃却没有在我的身边,当然也就不能让整个世界变成天堂了……我离开那座宅院,只觉得那是我再生的一夜,也是我首次看到死神面孔的夜晚。

太阳能用自己的热量使大地充满勃勃生机,同样也能用自己的温度使大地死亡。

烈火之湖

人在漆黑夜里秘密所做的任何事情，也必将由人将之公布于光天化日之下。我们的唇舌在寂静之中的悄声低语，往往在我们不知不觉之时，变成公众谈论的话题。我们今天想隐藏在住宅角落里的事情，明天就会暴露，公开展示在街头巷尾。

同样，黑夜的幻影宣布了大主教保罗·伽里卜会见法里斯老人的目的。就这样，以太将大主教的言谈话语带到了城中各区，也传进了我的耳际。

在那月明风清之夜，大主教保罗·伽里卜召见法里斯老人，并非为了与他商量穷苦人、残疾人的事情，也不是为了把寡母孤儿的情况告诉他，大主教用自己的豪华私人马车把老人接去，原来是替自己的侄子曼苏尔·伽里卜贝克向老人的女儿赛勒玛求婚。

法里斯·凯拉麦是位富翁，他的唯一继承人便是他的女儿赛勒玛。大主教要选赛勒玛做他的侄媳，既不是因为她的美貌，也不是因为她灵魂高尚，而是因为她富有，她那万贯家财足以保证曼苏尔·伽里卜贝克的前程，借助她的大笔钱财，足以使贝克能在贵族当中寻求到崇高地位。

东方的宗教领袖们不会满足于他们自己已经获得的尊严和权势，而是竭力让他们的后代居于众人之上，奴役人民，控制人民的人力、物力和财力。帝王驾崩，将荣誉传给自己的长子，而宗教领袖的光荣则像传染病一样传给兄弟及侄子。就这样，基督教的大主教、伊斯兰的伊玛目和婆罗门教的祭司，都像海中蛟龙一样，伸出无数巨爪捕捉猎物，张开无数大嘴吮吸猎物鲜血。

当保罗·伽里卜大主教代侄子求娶赛勒玛时，法里斯老人只得用深深的沉默和灼热泪水作答。当父亲要送别女儿时，即使女儿要嫁到邻居家或应选入皇宫，哪位父亲能不难过？当自然规律要一位男子同自己的女儿分别时，而那女儿是他自幼逗着她玩，继之教育、培养她成为妙龄少女，后来长大成朝夕相依为命的大姑娘，却要与他分别了，他的内心深处怎会不难过得颤抖战栗呢？对于父母亲来说，女儿出嫁的欢乐类似于儿子娶媳，只不过后者给家庭增加了一个新成员，前者则使家庭减少了一个亲密的老成员。法里斯老人被迫答应了大主教的要求，强抑心中不悦情感，在大主教的旨意面前低下了头。老人不但见过大主教的侄子曼苏尔·伽里卜贝克，而且常听人们谈起他来，深知其性情粗野、贪得无厌、道德败坏。可是，在叙利亚，哪个基督教徒能够反抗大主教，同时能在信仰民中受到保护呢？在东方，哪一个违背宗教领袖意愿的人能在人们当中受到尊重呢？与箭对抗的眼睛，怎能逃避被射瞎的命运？与剑搏斗的手臂，怎会不被斩断？即使老人能够违抗保罗·伽里卜大主教的意愿，他能够保证女儿的名声不遭受猜疑与毁灭吗？女儿的名字能够不遭受众口舌的玷污吗？在狐狸看来，高悬的葡萄不都是酸的吗？

就这样，天命狠狠抓住了赛勒玛，将她作为一个低贱的奴隶卷入不幸东方妇女的行列。就这样，一个高尚的灵魂刚刚展开圣洁的爱情翅膀，在月光皎洁、百花溢香的天空中遨游之时，便落入了罗网。

在多数地方，父辈的大笔钱财往往是女儿不幸的起因。靠父亲辛勤努力、母亲精打细算填充起来的宽大金库，顷刻之间便会化为继承者心灵的黑暗狭窄牢笼。人们顶礼膜拜的伟大财神，瞬间会变成折磨灵魂、毁灭心神的可怕恶魔。赛勒玛像许多不幸的姑娘一样，成了父亲巨财和新郎贪婪的牺牲品。假若法里斯不是一个富翁，那么，赛勒玛今天也会像我们一样，快活地生活在阳光下。

一个星期过去了。赛勒玛的爱总是陪伴着我：黄昏时，那真挚的爱在我的耳边吟唱幸福之歌；黎明时，那执着的爱将我唤醒，让我瞻望生活的意义和存在的秘密。那是神圣的爱，不知何为嫉妒，因为它无求于人；它不会使肉体感到痛苦，因为它在灵魂深处。那是一种强烈的慕爱之情，它会使心灵得到极大的满足。那是一种极度深刻的饥饿，它以知足填满人心。那是一种情感，它能使思念之情诞生，但却不激发思念之情。那是一种迷人心窍的蜃景，使我视大地为一片乐土，令我看人生是一场美梦。早晨，我行走在田野上，在大地的苏醒中看到了永生象征；我坐在海岸边，从大海波涛里听到了永恒歌声；我走在城市大街上，从行人的脸上和劳动者行动中看到了生活的美、繁荣与欢乐。

那是像幻影一样过去、像雾霭一样消失的日子，在我的心中留下的只有痛苦的记忆。那眼睛，我曾用它看春令的美景和田野的苏醒；如今，它看到的只有暴风的愤怒和冬天的失望。那耳朵，我曾用它听到波涛的歌声；如今，它只能听到心灵深处的呻吟和深渊的号丧声。那心灵，曾是多么敬重人类的活力和兴盛的光荣；如今，它却只能感到贫困的不幸和堕落者的悲惨。谈情的日子多么甜润，说爱的岁月之梦何其甘美！痛苦之夜多么苦涩，何其可怕啊！

周末的黄昏时分，我的心灵沉醉在情感的美酒之中，于是向赛勒玛的家走去。她的家宅是美所建造、爱所崇拜的圣殿，为的是让心灵在那里顶礼膜拜，虔诚祈祷。当我行至那座寂静的花园时，我感到有一种力量在吸引着我，将我带出这个世界，让我缓慢地接近一个没有争斗的神奇天地。我只觉得自己就像一位苏菲派❶教徒，被天引向幻梦境界，我忽然发现自己行进在相互交织的树木与互相拥抱的鲜花之间。当我行至宅门口时，抬头一看，只见赛勒玛坐在素馨花树荫下的那张长椅上；那正是一周之前，在神灵选定的夜晚，我俩同坐的地方，是我的幸福的开端，也是我的不幸的源头。我默不作声地走近她，她纹丝不动，一声不响，仿佛她在我到来之前，就已经知道我要来。我在她身旁坐下来，她朝我的眼睛凝视片刻，深深地长叹了一口气，然后把目光转向遥远的晚霞，那里正是夜首与日尾相互嬉戏的地方。一阵将我们的心灵纳入无形灵魂行列的神秘寂静过后，赛勒玛把脸转向我，伸出冰冷、颤抖的手拉住我的手，用类似于饥饿得说不出话来的人的呻吟声说：

"朋友，你瞧瞧我的脸，好好地瞧一瞧，细细地看一看，读一读你想用语言了解关于我的一切情况吧……亲爱的，你看看我的脸……哥哥，你好好瞧一瞧吧！"

我瞧着她的脸，久久地注视了一番，发现几天前她那还像口一样微笑和像鸢鸟翅膀扇动的眼睛已经凹陷下去，而且呆滞僵死，蒙上了

---

❶ 苏菲派，伊斯兰教派之一，产生于公元九世纪，亦称"神秘派"。

被折断的翅膀　　175

一层痛苦、忧虑的阴影；她那几天前还像高高兴兴接受太阳神亲吻的白百合花瓣似的皮肤已经枯黄，盖上了一层绝望的面纱；她的双唇本来像延命菊花，甜汁四溢，如今已经干枯，活像秋风下留在枝头上瑟瑟抖动的两片玫瑰；她的脖颈原先像象牙柱子一样挺立着，如今已经向前弯曲，仿佛再也无力承受头脑里的沉重负担。

我看到了赛勒玛脸上的这些令人痛苦的变化，但所有这些在我看来不过是薄云遮月，使月亮显得更加美丽、壮观、庄严。脸上所透露出来的精神深处的秘密，无论其多么令人痛苦难过，都会使面容更加妩媚、甜润；而那些默不作声，不肯吐露内心隐情和秘密的面孔，无论其线条多么流畅，五官如何端正，也谈不上什么美丽。酒杯只有晶莹透明，全呈美酒色泽，才能吸引我们的双唇。那天黄昏，赛勒玛正像一只盛满纯酒的杯子，生活的苦汁与心灵的甘甜相互掺杂在酒之中。赛勒玛在不知不觉中演示了东方妇女的生活：刚告别父亲的家，便使自己的脖颈套在了粗鲁丈夫的枷锁之下；才离开慈祥母亲的怀抱，就生活在残暴婆母的奴役之中。

我目不转睛地凝视着赛勒玛的面孔，静听着她那断断续续的呼吸声，默默地思考着，和她一起感到痛苦，为她感到难过。我终于感到时间停下了脚步，万物被遮挡起来，渐而消失，只看见两只大眼睛在凝神注视着我的内心世界，只觉得我双手捧着的那只冰冷的手在不住地颤抖，直到赛勒玛平静，听到她那从容的话音时，我才从这种昏迷中苏醒过来。她说：

"来吧，朋友，我们现在谈谈吧！趁未来还没有把艰难险阻加在我们的头上，让我们描绘、勾勒一下我们的未来吧！我父亲已到那个将成为我终身伴侣的男人家去了。上天选定的导致我出生的男人去见大地注定的成为主宰我的末日的男子去了。就在本城的中心,伴我度过青春时代的老人正在会见将伴我度过其余岁月的青年。今天夜里,父亲与未婚夫商定结婚日期,无论那一天多么遥远,终将是很近的。这个时刻是多么奇异,它的影响又是何等强烈!上星期的今夜,就在这素馨花树荫下,爱神第一次拥抱了我的灵魂;也在同一时刻,天命在保罗·伽里卜大主教宅里,写下了我未来故事的第一句话。此时此刻,我父亲和我的未婚夫正在编织我的结婚花环。我看见你坐在我的身边,我感觉得到你的心潮在我的周围波涌起伏,像一只干渴的鸟儿,拍翅盘旋在一条可怕的饥饿毒蛇把守着的清泉上空。这一夜是多么重要,其奥秘又是何等深刻!"

在我的想象中,绝望就像漆黑的魔影,狠狠地掐住了我们爱情的喉咙,一心将之扼死在童年之中。我回答她说:

"这只鸟将一直盘飞在清泉上空,不是渴得坠地而死,就是被可怕的毒蛇扑住,并被撕烂吞食。"

赛勒玛激动不已,话音像银弦一样颤动地说:

"不,不,我的朋友,还是让鸟儿活着,让这只夜莺一直唱到夜幕垂降,直到春天过去,世界毁灭,时光衰竭。你不要让它哑口,因为它的声音能使我复活;不要让它的翅膀停止拍击,因为羽翼的沙沙响声能驱散我心中的雾霭。"

我叹息着低声说:

"赛勒玛呀,它会渴死的,也会被吓死的。"

话语从她那颤动的双唇间奔腾倾泻而出,她回答道:

"灵魂的干渴要比物质的渴望更重要,心灵的恐惧要比肉体的安宁更可怕……不过,亲爱的,请你好好听我说。我现在站在一种新生活的门口,而我对之一无所知。我就像一个盲人,因为怕跌倒,所以用手摸着墙行走。我是一个女奴,父亲的钱财将我推到了奴隶市场上,一个男子把我买去了。我不爱这个男子,因为我对他一无所知。你也知道,爱情与陌生是不相容的。但是,我将要学着爱他。我将顺从他,为他效力,使他幸福。我将把一个懦弱女人能够献给一个强悍男子的东西全部献给他。至于你嘛,你则正处于青春少年,你面前的生活之路是宽广的,而且满铺鲜花和香草。你将带着你那颗炽燃的心走向宽阔世界。你将自由地思想,自由地说话,自由地做事。你将把自己的名字写在生命的面颊上,因为你是一名顶天立地的男子汉。你将像主人一样生活,因为你父亲穷,所以你不会成为奴隶,不会因为他那点家财而被带往买卖女奴的奴隶市场上。你将与一个心爱的姑娘结为伴侣;在她过门之前,她会先占据你的心房;在与你朝夕相处之前,她就会与你同思共想。"

赛勒玛说到这里,稍稍沉默、喘口气,然后用哽咽的声音说:

"可是,难道就在这里,生活之路就将我们分开,让你奔向男子的光荣,让我去尽妇道的义务?莫非美梦就这样结束了?莫非甜蜜的现实就这样云消雾散了?难道喧嚣就这样将鸤鸟的鸣啭吞噬?难道狂风就这样将玫瑰花瓣吹散?莫非粗脚就这样将酒杯踏碎?难道让我们站在朗月下的那一夜是假的?难道我们的灵魂相聚在这素馨花树荫下也是假的?难道我们急忙飞向星星,翅膀感到疲惫,将我们一下抛入深渊?莫非爱神在沉睡中突然来到我们身边,顷刻醒来大怒要惩罚我们？难道我的呼吸触怒了夜间的微风，使之顷刻之间化为狂飙，意欲撕裂我们，将我们碾作尘埃，然后卷入谷底？我们既没有违背叮嘱，也没有偷食禁果，为什么要把我们驱逐出伊甸园呢？我们既没有玩弄阴谋，也不曾背叛，为什么要把我们打入地狱呢？不能，不能啊！一千个不能，一万个不该！我们相聚的片刻胜似数个世纪；照亮我们心灵的光芒足以征服任何黑暗。假若风暴在这个愤怒的海面上将我们分开，那么，波涛会在那个平静的海岸将我们聚在一起；倘使这种生活将我们杀死，那么，那位死神会使我们复活。

"女人的心是不会跟时间而变化，随季节而更替的。女人的心会久久挣扎，但却不会死亡。女人的心颇似旷野，人将之当作战地和沙场，拔掉那里的树木，烧掉那里的青草，用血染红那里的岩石，将尸骨的头颅栽入土地中；尽管如此，旷野依旧存在，寂静安详，春天照样按时而至，秋天仍然硕果压枝，直到永远……如今，事情结束了，我们怎么办呢？请你告诉我，我们该怎么办？我们怎样分手，何时相聚？莫非我们应把爱神视作异乡客，夜幕将之送来，清晨又将之赶走？难道我们该将心里的情感看成一个梦，睡觉时才显示，苏醒后去而无踪？莫非我们应该把这一个礼拜看作烂醉时刻，顷刻便已清醒？……亲爱的，你抬起头来呀，让我听听你的声音！你说话呀！请你开口跟我说话呀！狂风吹翻我们的船后，你还记得我们共度的那些日子吗？寂静的夜里，你听见我的翅膀沙沙拍击声吗？你能感觉到我呼出的气在你的脸面和脖颈上波涌起伏吗？你能听到我痛苦哽咽的低微叹息声吗？你能看见我的幻影随黑夜幻影而来，又随晨雾消失吗？亲爱的，你对我说呀！你曾是我眼中的光明，耳中的歌声、灵魂的翅膀,以后你将是什么呢?"

我的心底之蕴全部融在我的双目之中。我回答她说:

"赛勒玛,我将像你希望的那样属于你。"

她说:

"我希望你爱我。我要你爱我到我的末日。我要你像诗人爱自己的痛苦幽思一样爱我。我要你像旅行者记起水塘那样记起我,看见水塘先借水面照照自己的容颜再俯首饮水;我要你像母亲记起胎儿那样记起我,胎儿未见到光明,便死在了母腹之中;我要你像慈悲的国王想到囚犯那样想到我,囚犯未接到国王的赦免令,便死在了牢里。我希望你成为我的兄弟、朋友和伙伴。我希望你常来看望我的父亲,给孤独中的他送来欢乐和慰藉,因为我不久就要离开他,变成他的陌生人。"

我回答她说:

"赛勒玛,我将一一照办。我将使我的灵魂包裹你的灵魂,让我的心成为容纳你的俊美的房舍,让我的胸腔成为掩埋你的痛苦的坟墓。赛勒玛,我将像田野酷爱春天那样爱你。我将像鲜花靠太阳光和热生长那样靠你而生活下去。我将像山谷吟诵回荡在农村教堂上空的钟声那样欣咏你的名字。我将像海岸聆听波涛讲故事那样倾听你心灵的絮语……赛勒玛,我将像寂寞的异乡客思念亲爱的祖国那样思恋你。我将像饥饿的穷苦人向往一桌美食那样向往你。我将像被废黜的君王暗恋尊荣、辉煌岁月,垂头丧气的俘虏暗恋自由、安详时光那样暗恋你。我将像农夫想着抱抱禾穗和打谷场上的粮堆、善良的牧人想着肥美草原和甘甜泉水那样想着你。"

我说话时，赛勒玛一直望着夜幕深处，不时地叹气。她的心跳时快时慢，如同大海波涛时高时低。她说：

"明天，事实就要化为幻影，苏醒就会变成幻梦。思念者只靠拥抱幻影，干渴者仅饮梦中溪水，这能够满足要求吗？"

我回答道：

"明天，天命就要把你带到一个充满温馨与平静的家庭怀抱中，将你带到一个充满斗争、厮杀的世界里去了。你就要到一个男子家中去了，他会因你的俊秀容貌、纯洁心灵而感到幸福；而我，则要到岁月的埋伏地点去，岁月将以其痛苦折磨我，用它那可怕的魔影恫吓我。你将投入生活怀抱，我却要进入争执天地。你迎来的将是亲昵与温馨，我面临的却是孤独与寂寞。不过，我将在死神阴影遮罩的山谷里竖起爱神的塑像，天天对之顶礼膜拜。我将与爱神夜下谈心，听她唱吟，将她当作美酒痛饮，把她选作衣服穿在身上。拂晓，爱神把我从睡梦中唤醒，领着我走向遥远的旷野；正午，爱神将把我带到树荫下，与百鸟一起同避烈日灼热，欢快乘凉；黄昏，爱神让我面对日落之地，让我聆听大自然告别光明时唱的歌，让我观赏寂静的幻影遨游在空中的壮景；夜晚，爱神拥抱着我，我安然进入梦乡，梦游情侣、诗人灵魂居住的天堂。春天里，我与爱神并肩漫步，踏着生命用紫罗兰和延命菊画出的足迹，用水仙花杯和百合花杯喝着剩余的甘霖，在丘山和坡地之间欣然吟唱；夏天里，我与爱神头枕干草捆，下铺青草作褥，上盖蓝天当被，与月亮、星辰亲切夜谈；秋天里，我将与爱神一起去葡萄园，坐在榨汁机旁，观看正在脱掉金黄色衣裳的树木，仰望向海岸迁徙的鸟群；冬天里，我将与爱神相互依偎在炉火旁,讲述历代故事,重温各国与各民族的史迹。青年时代,爱情将成为我的导师;中年时代,爱神将成为我的助手;老年时代,爱神将成为我的慰藉。赛勒玛,爱神将伴随我终生,直至大限来临,你我相聚上帝手中。"

语词发自我的心灵深处,语速急促,就像一柄柄火炬,火焰熊熊,火星四溅,旋即零落消失在花园的角落里。赛勒玛聆听着,泪水夺眶而出,簌簌下落,眼帘仿佛变成了双唇,泪流便是回答我的话语。

没有得到爱神赐予的双翅的人们,是不能飞到云天外观看那个神奇世界的,也看不到我和赛勒玛的灵魂在那悲欢交集的时刻遨游在那个世界里的情景。没有被爱神选作旅伴的人们,他们是听不见爱神说话的,这个故事也不是写给他们的;即使他们能够明白这几页书的意思,他们也看不到蹒跚在字里行间的不以墨水为衣、不把白纸作宿身之处的幻影。可是,谁又未曾啜饮爱神林中的玉液呢?哪个心灵又未曾恭恭敬敬地站在用心之底蕴铺地,以秘密、美梦和情感盖顶的光明神殿之前呢?哪一朵花的花瓣没有沾过晨露?哪条迷路溪水没有奔向大海?

赛勒玛抬起头来,仰望着繁星点缀着的夜空,两手伸向前,二目圆瞪,双唇颤动,蜡黄色的脸上呈现出一位受虐待女子心灵中的全部怨恨、绝望和痛苦征兆,然后大声喊道:

"主啊,女人有何过错,致使你大发雷霆?她又何罪之有,招来你发怒到地老天荒?莫非她犯下了可怕的无穷弥天大罪,致使你给我无尽的惩罚?主啊,你是强大无比的,而女人则是软弱无双的,你为什么要用痛苦消灭她？主啊，你是伟大的，而女人只是在你的宝座周围匍匐爬行，你为什么要用双脚将之踏碎？主啊，你是强烈暴风，而女人在你面前，则像尘埃，你为什么要把她卷扬到冰雪上去呢？主啊，你是巨神，而女人则是不幸者，你为什么要同她作战？主啊，你明察秋毫，无所不知，而女人则是迷途的盲者，你为什么要置之于死地？主啊，你用爱创生了女人，又为什么要用爱将之消灭？主啊，你用右手将女人举到你的身旁，你又为什么用左手将之抛入深渊，而她全然不知你何时将之举起，又怎样将之抛掉？你把生的气息吹入女人的口中，却又将死亡的种子播入女人的心田。主啊，是你使她走在幸福路上，旋即又派不幸做骑士来抓她。主啊，是你把欢乐的歌声送入她的喉咙，然后用痛苦封住她的双唇，用愁苦拴住她的舌头。主啊，你用你那无形的手指将欢乐与她的痛苦系在一起，又用你那有形的手指在她的欢乐周围画上痛苦的光晕。你把宽舒和平安隐藏在她的卧室里，却又把恐惧和麻烦置于她的床边。你用你的意志唤醒了她的爱慕之情，而从她的爱慕之情中又生出了她的毛病与过失。你用你的意愿让她看到了你的造化之美，你也用你的意愿使她对美的钟爱化为致命的饥饿。你用你的法律使她的灵魂与漂亮肉体结配，你也用你的法则使她的肉体做了软弱和屈辱的伴侣。主啊，你用死亡之杯为她注入生命，又用生命之杯为她注入死亡。主啊，你用她的泪水为她洗净，又用她的泪水将她溶解。主啊，你用男人的面饼填充饥腹，然后又用她的心中情感塞满男人的手。主啊，你呀，你用爱情打开了我的眼界，永远用爱情使我双眼失明。主啊，你用你的双唇亲吻了我，又用有力的手给了我一耳光。你在我的心

被折断的翅膀

中种下了白玫瑰,却又在玫瑰周围令荆棘、芒刺横生。主啊,你用一个我所深爱的青年的灵魂绑住了我的魂,却又用一个我素不相识的男人的身束住了我的身。主啊,你羁绊了我的岁月!主啊,帮我一把吧,让我成为这场殊死斗争中的强者;救救我吧,让我至死忠诚、纯洁……主啊,愿你如愿以偿!愿你的圣名永远吉祥!"

赛勒玛沉默下来,而她的面容还在说话。之后,她低下头,垂下双臂,弯下腰,仿佛失去了活力;在我看来,她就像被狂风摧折的树枝,被抛在低洼地,任其干枯,自消自灭在时光的脚下。我用我的灼热的双手捧住她那冰凉的手,用我的眼帘和双唇亲吻她的手指。当我想用话语安慰她时,发现我自己比她更值得安慰和同情。我沉默无言,不知所措,静静思考,感到时光在拿我的情感开玩笑,听到我的心在我胸腔里呻吟,不由自主地自己对自己担忧起来。

在那一夜余下的时间里,我俩谁都没说一句话。因为焦虑一旦扩大,人便会变成哑口无言。我俩一直默不作声,僵直地待在那里,活像被地震埋入土中的一对大理石柱。谁也不想听对方说话,因为我俩的心弦都已脆弱无比,即使不说话,一声叹息也会震断它。

午夜时分,寂静得阴森可怕。残月从萨尼山后升起,在繁星中间,显得就像一张埋在灵床的黑色枕头里的白苍苍的死人的脸,在四周的微弱烛光映照下尤为令人心惊。黎巴嫩山脉像被岁月压弯脊背、被苦难扭曲身骨的老翁一样,眼里没有困意,与黑夜谈天,等待黎明到来,颇似一位被废黜的君王,坐在宫殿废墟间的宝座灰烬上。高山、树木和河流随着情况和时间的变化而变换着自己的形态与外表,就像人的面容一样随着思想和情感的变化而变化。白天里高高挺立的白杨树就像娇媚的新娘子,微风吹动着她那长长的衣裙,然而到了夜晚,它却像一根烟柱,高高插入无垠的天空。午间像强有力地藐视一切灾难的暴君一般的巨大岩石,在夜里却变得像一个可怜的穷光蛋,只有以大地当褥,盖着夜空作被。我们清晨看到的溪流波光粼粼,如同银色的蜜汁,耳闻它欢唱着永恒之歌;及至傍晚,它却像从山谷半腰淌泻下来的泪河,耳听它在像失子的母亲一样痛哭、哀号。一个星期以前,黎巴嫩山脉还是那样威严、壮观,其时,皓月当空,人心欢畅;而那一夜里,它却变得愁眉苦脸,萎靡不振,面对着徘徊在夜空的暗淡残月和一颗悸动在心中的怏怏之心,显得那样寂寞孤独。

我们站起身来告别时,爱情和失望像两个可怕的魔影横在我俩之间:前者展开翅膀在我们的头上盘旋,而后者则用魔爪掐住了我们的喉咙;前者惊惶地哭泣,后者却讥讽地大笑。当我捧起赛勒玛的手放在我的双唇上亲吻、祝福时,她靠近我,吻了吻我的头发分缝处,然后坐在木椅上,合上眼,缓缓地低声说:

"主啊,求你怜悯!求你让所有被折断的翅膀强健起来吧!"

我离开赛勒玛,走出花园,只觉得我的感官被罩上了一层厚厚的纱幕,酷似雾霭将湖面弥漫。我独自走去,道路两旁的树影在我面前晃动,就像从地缝里钻出来的魔影在故意吓我。微弱的月光在树枝间瑟瑟颤抖,活似遨游在天空的妖魔向我的胸膛射来的一支支细长的利箭。我的周围一片沉寂,仿佛是黑暗之神捂在我身上的沉重黑色巨掌。

那时刻,存在中的一切,生活的全部意义,心灵里的所有秘密,都变得丑陋、可怕与骇人听闻。世间的美和存在的欢乐让我看到的精神之光,已经化为火,其烈焰灼烧着我的心肝,其烟雾笼罩着我的心灵。万物之声汇成的并使之成为天国之歌的和声,一时间化为比狮吼更加令人恐惧、比深渊呐喊更加深沉的啸鸣。

我回到自己的卧室,一下便瘫倒在了床上,就像被猎人射中的鸟儿,心被箭穿透,直坠落在篱笆之间。我的理智一直摇摆在可怕的苏醒与不安的睡梦之间;在这两种情况下,我的灵魂都在重复着赛勒玛的那些话:"主啊,求你怜悯!求你让所有被折断的翅膀强健起来吧!"

死神宝座前

婚姻，在我们这个时代是一桩可笑又可悲的交易，完全被男青年们和姑娘们的父亲们所包揽。在这场交易中，多数地方的男青年们赢利，父亲们赔钱，而被当作货物从一家移入另一家的姑娘们，则欢乐尽失，如同旧家具一样，她们就被放在房舍的角落里，面对黑暗，慢慢地消亡。

现代文明使妇女的意识稍有长进，但却因为男子们的贪婪之心普遍化，因而妇女们的痛苦有增无减。往昔，妇女是幸福的女仆；如今，她们变成了不幸的女主人。往昔，她们是走在白日光明之中的盲人；如今，她们却成了走在夜幕中的明眼人。过去，妇女们因无知而显得妩媚，因朴实而显得贤淑，因懦弱而显得强壮；如今，她们因娇美而变得丑陋，因敏感而变得肤浅，因知事而变得远离人心。她们能有一日变得集美貌与知识、妖丽与德高、身材苗条与心灵坚强于一身吗？我认为精神升华是人类的法则，渐臻完美是一条缓慢的规律，但它却是一条积极有效的规律。假若妇女在某件事上前进了，而在另一件事上落后了，那是因为登上山顶的路上有障碍，那里不乏贼窝和狼穴。在这座类似于苏醒前的昏厥的山中，在这座布满过去时代泥土和未来数代种子的山中，在这充满奇异嗜好和愿望的山中，不乏这样一座城市，那里的妇女正是未来女子的象征。赛勒玛在贝鲁特将是东方新女性的代表，但她像许多生活在以前时代的人一样，成了新时代的牺牲品,就像被急流卷走的一朵花,被迫走向不幸前进的行列中。

曼苏尔·伽里卜贝克与赛勒玛结了婚,二人住在贝鲁特海滨的一座豪宅里,那是个社会名流、富翁聚居的区域。法里斯老人独自待在那座孤零零的住宅中,周围是花圃、果园,酷似牧羊人守着一群羊。喜筵日子过去了,洞房花烛之夜过去了,被人们称为"蜜月"的日子也过去了,留下来的便是醋加苦西瓜汁的日子,正像战争的显赫与辉煌,留下来的却是战死者的头颅和尸骨,横布在旷野之上……东方婚礼的豪华讲究把青年男女的心灵高高抛向天空,就像雄鹰展翅高翔云端,然后又把它们像磨盘一样丢入海底,简直就像沙滩上留下的足迹,顷刻便被浪潮抹掉。

春去夏至,接着便是金秋。我对赛勒玛的美渐而从一个青春少年对一位黄花少女的慕恋,变成一种孤儿对长眠地下的母亲英灵的无声崇拜。曾经占据我整个身心的钟爱之情,变成了顾影自怜的盲目忧伤。曾使我热泪夺眶而出的苦恋之情,已经化为令我心滴鲜血的沮丧。曾充满我胸间的思恋呻吟之声,变成了深沉的祈祷。在寂静中,我的灵魂向苍天祈祷,祈求苍天给予赛勒玛以幸福,赐予她的丈夫以快活,让她的父亲放心。不过,我同情也好,祈祷、祝福也好,统统是徒劳无益的。因为赛勒玛的不幸是心病,只有死神才能治愈它。她的丈夫则属于那样一种人:不费吹灰之力,便可得到一切,使生活过得舒适、宽裕、快乐,但绝不会以此为满足,还常贪图得到本来不属于他们自己的东西;就这样,他们一直受着他们的贪欲折磨,直到生命尽头。我希望法里斯老人放心也是没有用的,因为他的女婿刚刚娶了他的女儿，得到了她的大笔钱财，便把老人忘得一干二净，对他弃之不理，一心只盼他一命呜呼，好把他剩余的财产全部弄到自己手里。

曼苏尔·伽里卜贝克很像他的叔父保罗·伽里卜大主教。他的性格也像叔父。曼苏尔的心灵简直就是其叔父心灵的缩影。他叔侄俩之间只是伪善与堕落之别。大主教在他的紫色教服掩饰下实现自己的意愿，借悬挂在胸前那闪着金光的十字架满足自己的贪欲。而他的侄子，则是明目张胆、肆无忌惮地为所欲为。清晨，大主教去教堂；白日的其余时间里，他则用来去榨取寡母孤儿、平民百姓的钱财。曼苏尔·伽里卜贝克整天都在被腐朽气息染透的阴暗的花街柳巷纵情酒色。

星期日，大主教站在祭坛前，一本正经地向信民们宣讲他自己并不遵守的训诫；而在一周的其余日子里，他就忙于国家政治活动。他的侄子，则利用叔父的权势，把全部时光打发在与那些求职者和追求名利者的交易上。大主教是一个在夜幕掩盖下行窃的小偷，而曼苏尔·伽里卜贝克则是光天化日之下大摇大摆行走的骗子。

百姓就这样在这伙小偷和骗子之间惨死，就像群羊在狼的利爪和屠刀下丧命。东方各民族就这样屈从于心术不正、道德败坏之辈，于是渐而倒退，然后坠入深渊，时代匆匆而过，用其脚将之踏烂，就像铁链一样将陶器砸得粉碎……

究竟是什么让我用这么大篇幅来谈悲惨、绝望的民族呢？我本想记下一位不幸女子的故事，描绘一颗悲伤的、尚未尝到爱情的欢乐便惨遭痛苦打击的心灵……想到那位未曾拥抱过生活便被死神夺

被折断的翅膀

去生命的弱女子，我已不再流泪，却为什么谈起那位遭受压迫的无名女子，我却泪水夺眶而出呢？难道那位弱女子不正是受压迫人们的象征吗？那位在心灵爱好与肉体桎梏之间痛苦挣扎的女子，不正像在统治者与祭司们之间受折磨的民族吗？或者说，那种将一位美丽少女带往坟墓阴暗处的无形情感，不正像用黄土掩埋百姓生命的强烈暴风吗？女人之于民族，如同光之于油灯：若灯油充足，那灯光会微弱昏暗吗？

秋天过去了，金风剥光的树木，戏动着飘飞的黄叶，如同飓风戏耍着海水的泡沫。冬天哭号着走来。我在贝鲁特没有一个伙伴，伴随我的只有梦，时而将我的心灵高高抬往星空，时而又将我的心降下埋入地腹。

愁苦的心灵只有在孤寂中安宁，于是远离人们，就像受伤的羚羊离群而去，隐藏在山洞里，或者得到痊愈，或者默默死去。

有一天，我听说法里斯老人病了，我便放弃了独处，前往探望他。我躲开被车水马龙嘈杂声干扰长空静寂的大道，沿着橄榄树之间的一条小道步行而去。但见橄榄树那铅灰色的叶子上因雨滴而闪闪放光。

行至老人家，我走进门一看，只见老人躺在床上，身体瘦弱，面容憔悴，脸色蜡黄，二目深陷在双眉下，活像两个又深又暗的窟窿，病痛的魔影在那里游荡。昔日那曾经容光焕发、笑颜常驻的舒展面孔，如今紧缩着，愁眉不展，像一张皱皱巴巴的铅灰色纸，仿佛疾病在上面留下的一行行模模糊糊的奇怪字样。昔日那双温暖、柔软的手，如今已变成皮包骨头，瘦弱不堪，活像暴风中瑟瑟抖动的光秃秃的树枝。

我走近老人，问他近日可好。他把清瘦的脸转向我，颤抖的双唇上绽现出一丝凄凉的微微笑意，用似乎是从墙后传来的微弱声音说：

"去吧，孩子，到那个房间里去吧！给赛勒玛擦擦眼泪，让她平静一些，然后把她带到这里来，让她坐在我的床边……"

我走进对面那个房间，发现赛勒玛瘫坐在一张椅子上，双手抱着头，脸埋在椅背上，屏着呼吸，以免父亲听到她的泣哭声。我缓步走近她，用近乎叹息的微弱低声呼唤她的名字。她就像被噩梦惊扰的睡梦中的人一样，惶遽地一动，随即坐正，用呆滞的目光望着我，仿佛她是在梦中看到了一个幻影，不相信是我站在那个地方。

一阵深深的沉默，仿佛它的神奇影响将我们带回我们醉于神酒的时刻。之后，赛勒玛用指尖抹去眼泪，伤心地说：

"你看到岁月如何更替了吗？你看见时光怎样使我们迷失方向，我们又如何快步走进这可怕洞窟了吗？就在这个地方，春天将我们聚集在了爱神的掌中；还是在这里，严冬又让我们在死神的宝座前见面。白日是多么灿烂，而这夜色又是多么黑暗……"

话未说完，她哽咽了。随后，她又用双手捂住自己的脸，仿佛往事已浮现在她的面前，而她却不想看到它。我用手抚摩着她的头发，说：

"来吧，赛勒玛，来吧！让我们在狂飙前像铁塔一样巍然屹立吧！来吧，赛勒玛，让我们在敌人面前像勇士一样挺立，用我们的胸膛，而不是用脊背迎着敌人的刀锋剑刃吧！我们倒下去，要像烈士那

被折断的翅膀

样壮烈；我们得胜时，要像英雄那样活着……在艰难困苦面前，坚定地忍受心灵上的折磨，总比退缩到安全、舒适的地方要高尚。在油灯四周拍翅扑火，直到化为灰烬的蛾子，要比在黑暗洞穴里平安、舒适生活的鼹鼠尊贵。不经受冬令严寒和各种因素考验的种子，是不能够破土而出，快快活活地饱尝四月的美景的……赛勒玛，来吧！让我们迈着坚定的步伐，在这条崎岖小路上前进吧！我们要抬眼望着太阳，以免看见散落在乱石中的骷髅和穿行在荆棘之间的毒蛇。假若恐惧会使我们在半路上站下来，黑夜里的幻影就会让我们听到奚落和嘲讽的呐喊声；如果我们勇敢地登上山顶，宇宙的灵魂就会与我们一道同唱欢乐凯歌……赛勒玛，你不要难过，不要悲伤，擦干眼泪，拂去脸上的愁云。起来，让我们坐在你父亲的床边，因为他的生命就是你的生命，你的微微笑容能使他病愈康复。"

她用充满温情、怜悯的目光望了我一眼，然后说：

"你的两眼里饱含失意、绝望之情，怎能要求我忍耐坚强呢？一个饥饿之人能把自己的面饼让给另一饥民吗？一个急需药品的病夫能将自己的药给另一病人吗？"

说罢，赛勒玛站起来，然后低着头向她父亲的卧室走去，我紧随其后。我俩坐在老人的病榻旁，赛勒玛强作欢颜，竭力佯装平静，老人也装作快慰、强壮的模样，然而彼此都能感受到对方的痛苦的脆弱，也能听到对方的心灵在呻吟。父女俩就像两种彼此相似的力量，正在寂静之中相互消亡着。父亲已病入膏肓，因怜女儿的不幸而更趋衰竭；女儿深爱父亲，因眼见父亲临危而由衷痛苦。一颗即将告别人世的心与一颗完全绝望的心，在爱神和死神的面前相互拥抱在一起。此时此刻,我被夹在两颗心中间,心中感到无比悲哀,深切体会到那两颗心中的忧苦。天命之手把三个人聚集在一起,而后又用力紧攥,直至将他们捏碎:老人像一座被洪流冲垮的老房子;姑娘好像一朵被镰刀砍断枝茎的百合花;还有一个青年,就像被大雪压弯了腰的幼苗。我们都像是天命之手的玩具。

这时,老人在被窝里动了动,然后把瘦骨嶙峋、青筋凸露的手伸向赛勒玛,声音里充满一位父亲心中的全部慈祥和温情,同时饱含一个病人的所有疾苦与病痛,说道:

"赛勒玛,让爸爸攥攥你的手。"

赛勒玛伸过手去,让父亲攥住。老人温情地攥着女儿的手,说:

"孩子,对过去的日子,我感到心满意足,我活了这么大年纪,品尝过四季鲜果,尝尽了日夜带来的欢乐。少年时代,我曾扑蝶戏耍;青年时代,我曾拥抱爱神;人到中年,我积聚起万贯家财。在人生的各个阶段,我都是那样快乐、欢娱。赛勒玛,你母亲辞世时,你还未满三岁,但她却能把你当作珍宝留给了我。你像新月那样迅速长大,你母亲的容貌反映在你的脸上,就像星光倒映在平静的水池中。你母亲的品性和道德,见于你的言行里,就像透过薄纱能看见金饰一样。孩子,有你已足以使我深得慰藉,因为你像你母亲一样俊秀、聪颖……如今,我已成年迈老翁,老人们将在死神的温柔翅膀下得以安息。孩子,你不要难过!因为爸爸活着已看见你长成了一个漂亮的大姑娘。孩子,你该高兴呀!因为我死后仍然以你的形体而活着。我现在就走与明天或后天走是一样的。因为我们的岁月就像秋天的黄叶,将在太阳下飘落飞撒。假若时辰迅速带我奔向永恒世界，那是因为它知道我的灵魂迫切期望与你的母亲相见……"

老人用充满恋情与希望的甘甜语调说出那后几句话，忧虑密布的脸上闪烁着童子眼中闪现出来的亮光。他伸手从头旁边的靠枕间掏出一帧嵌在金边镜框中的小幅旧肖像，那镜框的四边因手掌常触摸而变得光滑闪亮，边框上的花纹也被唇吻得模糊不清。老人目不转睛地望着肖像，说：

"孩子，靠近我一点儿，我让你看看你母亲的影像，看看她留在这张相纸上的倩影。"

赛勒玛靠近父亲，父亲擦去她眼角的泪水，以免妨碍她看见那帧模模糊糊的肖像。她久久凝视着，仿佛那是一面镜子，照出了她的精神和面容。之后，她把肖像贴近双唇，热切地吻了又吻，然后大声喊道：

"妈！妈妈！妈妈！"

她没说别的，随后又把肖像放在她那颤抖的双唇上，仿佛她想用她那灼热的气息让母亲复活似的……

人的双唇能够说出的最甜蜜的字眼，便是"母亲"，最美的呼唤声，那就是"妈妈"。"妈妈"，这是一个简单而意义深广无比的字眼，其中充满着希望、慈爱、怜悯和人的心灵中所有亲密、甘甜和美好的情感。在人的生命中，母亲就是一切：悲伤时，母亲是慰藉；沮丧时，母亲是希望；软弱时，母亲是力量，母亲是同情、怜悯、慈爱、宽恕的源泉。失去母亲的人，便失去了自己的头所依靠的胸膛，失去了为自己祝福的手，失去了守护自己的眼睛……

大自然界的一切，无不象征着和谈论着母性。太阳乃大地之母，以自己的热孕育大地，用自己的光拥抱大地。傍晚，太阳用海浪低吟、百鸟鸣啭和溪水的歌声将大地送入梦乡之后，自己方才离去。大地是万木百花之母，是大地生养了它们，待它们长大之后才断奶。万木百花又是香甜果实和生机勃勃的种子的母亲。而宇宙间一切存在的母亲，则是那充满美和爱的无始无终、永恒不灭的绝对精神。

赛勒玛不认识自己的母亲，因为母亲去世时她还很小。当她看见母亲的肖像时，激动之情难抑，情不自禁地大声呼叫"妈妈"。因为"妈妈"这个字眼藏在我们的心中，就像果核埋在地心里；在我们悲伤、欢乐之时，就会从我们唇间迸发出来，就像玫瑰花香不论晴雨都会由芳芯洒露。

赛勒玛眷恋凝视着母亲的肖像，热切地亲吻，然后将之紧贴在她那激烈起伏的胸脯上，然后叹息起来，随着每一声的叹息，她的力量便失去一部分。终于，她那消瘦的体躯里失去了活力，瘫倒在父亲的病榻旁。老人双手抚摸着她的头，说：

"孩子，我已让你从这相片上看到了你母亲的影像。现在，你就听我把她的话讲给你听吧！"

赛勒玛抬起头，酷似巢中的雏鸟听到母鸟双翅在树枝间扇动的声音时那样，望着父亲，凝神细听，仿佛她的整个身心都变成了凝视的眼睛和聪慧的耳朵。

父亲说：

"你还是个吃奶的婴儿时，你的母亲便失去了她的老父亲。她为你外公的亡故而悲伤，她像一个坚忍的、有理智的人那样哭泣。但

被折断的翅膀

是，她刚从你外公的坟上回到家中，便在这个房间里，坐在我的身旁，双手捧着我的手，说：'法里斯，我的父亲走了，我也就只有你了；有你在，就是我的慰藉。多情善感的心，就像枝杈繁盛的杉树，一条健壮枝杈失去了，杉树会感到疼痛，但不会死去，而是把自己的活力转到旁边的枝杈上，使之成长、壮大，继之用茂盛的嫩叶遮盖住被遮断的枝杈留下伤疤。'孩子，这就是你母亲痛失你外公之时所说的话。赛勒玛，这也是死神把我的躯体投入宁静的墓穴中和把我的灵魂引向上帝那里之时，你应该说的话。"

赛勒玛悲痛欲绝，说道：

"母亲失去了自己的父亲，还有你留在她的身边，而我一旦失去了你，我的身边还有谁呢？外公辞别了人间，母亲得到了一位诚心待她的忠诚、高尚的丈夫的庇护；此外，还有一个婴儿用小脑袋拱蹭她的奶子，用小胳膊搂抱她的脖子。可是，我一旦失去了你，爸爸，还有谁和我在一起呢？爸爸，你不但是我的父亲，也是我的母亲，是我少年时代的伙伴，又是我青年时代的良师益母；你若离去，谁又能替代得了你呢？"

说完，赛勒玛用噙着泪花的眼睛望着我，又用右手拉住我的衣角，说：

"爸爸，我只有这么一位朋友，别无他伴。你离我去时，他像我一样饱受着折磨，我能从他这里得到安慰吗？一个心已碎裂的人，怎么可能去抚慰一颗碎裂的心呢？一位悲伤的女子，也绝对承受不住邻居的悲伤，同样，鸽子不能用被折断了的翅膀飞翔。他是我心灵的伙伴，但我的忧伤使他肩负重担，把他的腰压弯了。我的泪水模糊了他的双眼，使他看到的只有一片黑暗。他是兄弟，我爱他，他也爱我；但他和所有兄弟一样，只能与我共同承受灾难，却无力减轻；只能以哭泣相助，使泪水更苦涩，令心中火更盛。"

我听着赛勒玛的话，难抑情绪激动，胸口憋闷，只觉得肋骨几乎要崩裂，化成无数喉咙和嘴巴，老人则望着她，他那瘦弱的体躯在靠枕和褥垫之间缓慢下滑，疲惫的心灵在颤抖，活像风中残烛。他张开双臂，平静地说：

"让我平平安安地走吧，孩子！我的双目已看到云外田地，我不会把眼光移离那些仙洞。让我飞走吧，我已用翅膀打碎了牢笼的栅栏……你母亲已在呼唤我，赛勒玛！你不要阻拦我……看哪，海面上风平雾散，船已张起风帆，准备起航了！你不要阻止船起航，不要夺船舵。让我的体躯与那些长眠的人一起安息，让我的灵魂苏醒吧！因为黎明已经到来，幻梦已经结束……用你的灵魂亲吻我的灵魂吧……给我一个饱含希望的亲吻，不要把一滴苦汁洒在我的身上，以免妨碍百花和香草从我身上吸取营养成分。不要把失望的泪珠滴在我的手上，因为它会在我的坟墓上生出荆棘。不要把悲伤的叹息画在我的前额上，因为黎明的微风吹来看见那画痕时，它便不肯把我的骨尘带到绿色草原上去……孩子，我生时爱你，死后也将爱你。我的灵魂会永远在你身边，保护你，关照你。"

老人望了望我，眼睛稍稍合上，我发现他的眼睛已经变成了两道灰色的线条。之后，就连寂静的太空也在窃听着他对我说：

"孩子，你呢，你就做赛勒玛的兄弟吧，像你父亲和我之间的关系一样。艰难时刻，你要守在她的身边，做她的终生朋友。不要让她苦恼伤心，因为痛悼死者是先辈留下的陋习。要对她说些开心的话，唱些生活的欢歌，她就会感到高兴，乐以忘忧……告诉你父亲，让他记起我。你一问他，他就会把我们青年时代展翅翱翔云端的情景告诉你……告诉你父亲，就说直到我的生命最后时刻，我还通过他的儿子表达着对他的诚慕之情……"

老人沉默片刻，而他的声音一直回荡在四壁之间。然后，他望望我，又瞧瞧赛勒玛，低声说：

"再不要医生用他的药面延长我的囚期了，因为奴役期已经结束。我的灵魂已在寻求宇宙的自由。不要让祭司站在我的床边，纵然我有过错，他的咒语也不能为我赎罪；即使我清白无辜，他的咒符也不能送我迅速进入天堂。人类的意志不能改变天意，星相家无法让星斗改道。我死之后，医生和祭司们想怎么办，就听他们的便吧！大海的波涛咆哮不止，而船依旧前进，直至航行到岸边……"

那一可怕的夜已过去一半时间，法里斯老人在黑暗中挣扎着睁开他那深陷的眼睛，那是最后一次睁眼，将目光转向伏在病榻旁的女儿。老人想说些什么，但未能说出，因为死神已吞饮了他的声音，只有几个字眼从他的唇间吐出，活像深深的喘息：

"夜……过去了……天亮了……赛勒玛……赛勒玛……"

旋即，老人低下头去，面色惨白，唇边溢出微微笑意，灵魂离开了肉体。

赛勒玛伸手去摸父亲的手，发觉那手已经冰凉。她抬起头来，朝父亲望去，发现他的面容已经罩上了死亡的面纱。此时此刻，生命在赛勒玛的体内已经凝固，眼里的泪水也已干枯。她一动未动，既没有喊叫,也没有叹息,而是像雕像似的呆滞的两眼注视着父亲那静止的遗体。随后她的肢体就像湿衣服一样松软下来,继而瘫倒,前额触及地面。她平静地说:

"主啊,求你怜悯,让所有被折断的翅膀强健起来吧!"

* * *

法里斯老人告别了人间,永恒世界拥抱了他的灵魂,大地收回了他的躯体。曼苏尔·伽里卜贝克占据了法里斯的钱财,而他的女儿仍然是苦难的俘虏。在赛勒玛看来,生活是恐惧在她眼前演出的可怕悲剧。

我依旧徘徊在幻梦与忧思之间。日夜轮番扰我,酷似兀鹰、秃鹫争食猎物的肉。我多么想把自己埋在旧书堆里,以期与先人们的幻影为伴;我又多少次试图忘却自己的现状,借读经典返回古代的舞台。然而这一切毫无作用,却像用油灭火,火烧得更旺。我从先人的行列中看到的只有黑影,从各民族歌乐里听到的只有哭号。在我看来,《约伯记》[1]比大卫的乐声更美,《耶米利哀歌》[2]比所罗门的

---

[1] 《约伯记》是《圣经·旧约》中的一卷书,属《圣录》,为犹太智慧之书。作者不详。写作时间约在公元前五世纪。书中描写了义人约伯坚信上帝的故事。

[2] 《耶米利哀歌》是《圣经·旧约》中的一卷书,属《圣录》。书中描绘了在巴比伦王国攻占下的犹太民族的悲惨之景,抒发了作者对耶路撒冷失陷的哀伤之情。

《雅歌》更动听,"巴门劫难"❶在我心灵中引起的震撼比阿拔斯王朝❷的辉煌事业更强烈,伊本·祖莱克的长诗比海亚姆❸的四行诗更动人;如今,《哈姆雷特》❹的故事,比所有作品都贴近我的心。

就这样,绝望情绪削弱我们的视力,除了自己的可怕身影,我们什么都看不见。就这样,失望情感堵塞我们的耳朵,除了自己那紊乱的心搏声,我们什么都听不到。

---

❶ "巴门劫难"指巴尔马克家族悲剧。巴尔马克家族本是一个伊朗血统的家族。巴尔马克兄弟迁居巴士拉,改信伊斯兰教,后在阿拔斯王朝任要职,深得哈里发哈伦·拉希德信任,得势达十七年。803年,哈里发的宠臣贾法尔·巴尔马克被处决,全家下狱,财产充公。其父、兄皆死于狱中。

❷ 统治巴格达的阿拔斯王朝(750—1258)共经历了三十九任国王。该时期是阿拉伯帝国的鼎盛时期,《一千零一夜》中有许多关于这一时期的故事。

❸ 海亚姆(1048—1122),波斯诗人、哲学家、天文学家。他生前不以诗闻名,逝世五十年之后才有人提到他写的四行诗。四行诗是伊朗传统的诗体,第一、二、四行协尾韵,类似中国的绝句。我国有郭沫若1928年据英文译本的转译本,书名《鲁拜集》。"鲁拜"为阿拉伯语,意为四行诗。

❹ 《哈姆雷特》是莎士比亚系列悲剧之一,发表于1602年,写一个年轻的人文主义者面对邪恶势力,在怀疑、犹豫之后终于为"重整乾坤"而献出生命的故事。

阿施塔特与耶稣之间

在贝鲁特市郊与黎巴嫩山脉接合部的果园和丘陵中间，有一座古老的小神殿，那是用矗立在橄榄树、巴旦杏树和杨柳树丛之间的一块巨大白色岩石雕凿成的。

虽然这小神殿距离大车路不过半英里，但探古访幽者们当中却很少有人知道它。它和叙利亚的许多被人淡忘的重大事件一样，淹没在了被忽视的幕帘之后，似乎因为忽视遮住了考古学家们的眼睛，使它得以存在下来，进而使之成为疲惫者心灵的独处之地和寂寞恶人们的幽会场所。

走进这座奇异殿堂，便可看到东墙上有一幅刻在岩石上的腓尼基时代壁画，岁月之手抹去了它的部分线条，四季的更迭已使其色彩斑斓。画面表现的是司爱与美之女神端坐在华美宝座，周围有以各种姿势站立着的七位裸体少女，其中第一个手持火把，第二个怀抱六弦琴，第三个捧着香炉，第四个提着酒罐，第五个拿着一支玫瑰花，第六个举着桂冠，第七个拿着弓和箭。人人全神贯注地望着阿施塔特，个个面浮虔敬驯服表情。

另一面墙上，有一幅年代较新，图像亦较清晰的壁画。画面上画的是被钉在十字架上的拿撒勒人耶稣，旁边站着他那悲伤痛苦的母亲马利亚和抹大拉的马利亚❶，还有两个痛哭流涕的妇女。这是一幅拜占庭风格的壁画。种种证据表明，该画创作于公元五世纪或六世纪。

神殿的西墙上有两个圆形窗子，傍晚时分，夕阳从这里射入殿堂，照在两幅壁画上，仿佛画面上涂了一层金水。

神殿当中有一块方形大理石，四周有形式古朴的花纹和图案，其中有一部分已被石化了的血迹所遮盖。足以表明古人们曾在这石头上宰牲献祭，并在上面洒过作为供品的美酒、香料和油脂。

在这座小小神殿里，有的只是一片令人心慕神往的沉寂和一种神秘莫测的肃穆庄严气氛，用它那波动起伏吐露着神的秘密，无声地述说着历代变迁和百姓由一种状态转入另一种状态，从信一种宗教转向信另一种宗教的历程。它能把诗人带往远离这个世界的另一个世界，说服哲学家相信人是宗教的造物，人能感受肉眼看不见的东西，能想象出感官不曾触及的领域，进而为自己的感受画出符号，用之证明自己的内心隐秘；人能通过语言、歌曲、绘画和以造型出现的雕塑，将自己生前最神圣的爱好和死后最美好的愿望和幻想形象化、具体化。

在这个不被人们注意的神殿里，我和赛勒玛每月幽会一次。我们常常久久凝视着墙上那两幅壁画，遥想在髑髅地被钉在十字架上的世代青年，想象着腓尼基男女，他们曾生活着、相恋着，借阿施

---

❶ 抹大拉的马利亚是耶稣的女信徒，住在抹大拉。她曾被恶鬼所附，经耶稣拯救，从她身上赶出七个鬼来。她很崇拜耶稣，并用自己的财物支持耶稣的传道活动。但据《约翰福音》载，耶稣被钉在十字架上时，站在十字架旁边的当是耶稣的另一位女信徒马利亚，即革罗罢的妻子。

塔特崇拜美，在爱与美之神的塑像前焚香，在她的祭坛上洒香水；后来，他们被大地埋没了，除了日月在永恒世界面前的名字，什么也没有留下。

如今要我用语言追述我与赛勒玛相会的那些时辰，对我来说是多么困难！那神圣的时辰充满甘甜与痛苦、快乐与忧伤、希望与失望。一切都能使人成为真正的人，而生活却是个永恒的谜。我实在难以回忆那些时刻，更无法用苍白无力的话语描绘其中的些许幻象，值得作为典范留给沉陷于爱情与忧愁的人们。

我们相会于那座古神殿，背靠墙壁坐在门口，反复回味我们的过去，探讨着我们的现在，忧虑着我们的未来。之后，我们一步一步地展示我们的心灵深处，相互诉说心中的苦闷、焦虑和遭遇的不安与忧愁。我们相互劝说对方忍耐，相互勾画希望中的欢乐前景和甜蜜美梦。随之，我们那恐慌的心情平静下来，泪水干了，面容也舒展开来。我们微笑着，除了爱情及其欢乐，其余一切全都忘得一干二净；除了心灵及其嗜好，其余一切均置之度外。我们相互拥抱，沉湎于迷恋与挚爱之中。之后，赛勒玛亲吻我的头发缝处，那纯情和爱情使我的内心充满光明；与此同时，我则深情地亲吻她那雪白的手指。她闭上眼睛，面颊上泛出玫瑰色的红晕，宛如黎明洒在丘岗上的第一线光芒。我们默不作声，久久地望着远方的晚霞，只见云彩被夕阳光染成了橘红色。

我们的会见不仅仅限于交流情恋和互倾苦衷，而是在不知不觉之中，无所不谈，诸如交换对这个奇妙世界的看法与想法，讨论我们读过的书，评价其优点与不足所在以及书中所涉及的虚构图景和社会法

被折断的翅膀　　203

则。赛勒玛谈起妇女在人类社会中的地位，谈到先辈对妇女品德和爱好的影响，还谈到当今的婚姻关系及其中存在的病态和恶习。我记得她有一次说："作家和诗人都试图了解妇女的真实情况，但直到现在，他们也不了解妇女心中的秘密。因为他们总是透过面纱观察她们，所以只能看到她们肉体的线条；间或他们又把妇女放在显微镜下，看到的只有她们的懦弱和驯服。"

还有一次，她用手指着镌刻在殿墙上的那两幅壁画，对我说："在这块巨大岩石中心，先人刻下了两个概括妇女心愿的形象，力图表现妇女徘徊在爱与愁、同情与献身、端坐宝座的阿施塔特与站在十字架前的马利亚之间的神秘心境……男人要买荣誉、尊严和声音，而付钱的却是妇女。"

知道我们秘密幽会的只有上帝和在树林间飞来飞去的鸟儿们。赛勒玛来时，总是先乘她的马车到一个名叫"帕夏花园"的地方，下车后缓步穿过僻静的蹊径，来到小小神殿，面带安详神情，撑着伞走进殿内，便发现我已经如饥似渴地在殷切盼望之中等在了那里。

我们不怕监视者的眼睛，也没有良心受责备的感觉。因为心灵一旦被火净化，受过泪水的洗礼，就不再把人们称为过失和羞耻之类的词语放在心上，完全可以摆脱传统习惯势力给人类心中情感规定的清规戒律的奴役，昂首站立在神的宝座之前。

人类社会降服于腐败戒律已达七十个世纪，仍不能理会天国里的首要永恒法则的意义。人的眼睛已经习惯于看微弱的烛光，再也不能凝视强烈的日光。心灵上的疾病和缺陷代代相传，甚至普遍流行起来，成了人的必不可缺的品性，人们再也不把它当作疾病和缺陷看待，反倒将其视为上帝降给人的高贵本性；假若有谁不具有此类残疾，便被认作欠缺精神完美的残疾人。

因为赛勒玛离开了她的合法丈夫的家，去与另一位男子幽会，一些人便指责她，竭力玷污她的名声。其实，这些人是柔弱的病夫，他们把健康人当成罪犯，将心灵高尚者视作叛逆者。他们简直就像在阴暗处爬行的虫子，害怕出来见光明，担心过路人把它们踩在脚下。

坐冤狱的囚徒，能够捣毁牢房的墙壁而不行动，那便是地道的懦夫。赛勒玛是个受冤枉而又不能获释的囚徒，她只是透过牢狱的铁窗眺望一下绿色原野和辽阔的天空，难道这就该受到责怨？赛勒玛走出曼苏尔·伽里卜贝克的家，和我一起在神圣的阿施塔特和被钉在十字架上的耶稣之间坐一坐，仅仅如此，人们就该把她斥为叛逆女子？就让人们信口去说吧！赛勒玛已经越过淹没他们灵魂的沼泽地，到达了听不见狼嗥蛇咝的地方。让人们随意去说吧！看见过死神面孔的人，不会被盗贼的脸面吓倒；目睹过刀剑在自己头上飞舞和鲜血在脚下流淌的人，也绝不在意巷子里的顽童投过来的石子。

牺牲

六月末的一天，海岸边闷热得厉害，人们纷纷上山避暑。我照例向神殿走去，心中自许要见赛勒玛，手里拿着一本小小的《安达鲁西亚二重奏》韵诗集；那二重韵诗自那时直到现在，仍然使我心迷神恋。

黄昏时分，我来到神殿，坐下望着蜿蜒延伸在柠檬树和杨柳之间的那条小路。我不时地低头看几眼诗集，间或抬起头来，对着苍穹轻声吟诵以隽永语词、和谐音律打动我心的那些二重韵诗句，同时使我追忆国王、诗人和骑士们的光辉业绩。他们告别了格拉纳达、科尔多瓦和塞维利亚❶，把他们的希冀和志趣留在了宫殿、学院和花园里，随之他们便眼噙泪花，心怀惆怅地荫翳在了岁月的幕帘后面。

一个时辰过去，我抬眼朝小路望去，只见赛勒玛出现了，她那羸瘦的身材在彼此交织的树林间晃动，手撑着伞渐渐向我走近，仿佛她带着世界上的所有忧愁和艰难。她来到神殿门口，在我的身边坐下。我望望她那双大眼睛，发现内含种种新奇意义与秘密，足以引人警觉和注意，诱发人的探察欲望。

赛勒玛觉察到了我的心理活动，无意延长我在猜疑与忧思之间的

---

❶ 格拉纳达、科尔多瓦和塞维利亚均为今西班牙的南部城市。公元八世纪，阿拉伯人曾征服这些地方，留下了许多阿拉伯伊斯兰文化古迹。

挣扎时间,用手抚摩着我的头发,说:

"靠近我一点儿,亲爱的,靠近我一点儿,让我借你增强我的勇气。我们永久分别的时辰已经临近了。"

我放声喊道:

"这是什么意思?赛勒玛!什么力量把我们永远分开呀?"

她回答说:

"昔日把我们分开的那种盲目力量,今天将再次把我们分开。那股将人类法律作为自身解说者的无声力量,已借生活奴隶之手在你我之间筑起了一道坚固的屏障。那股创造恶魔,并让恶魔主宰人们灵魂的力量,已禁止我走出那个用白骨和骷髅建成的家宅。"

我问她:

"莫非你丈夫已经知道我们见面的事,你怕他生气和进行报复?"

她回答:

"我丈夫根本不把我放在心上,他也不晓得我如何打发日子。因为他把我丢在一边,整天与那些可怜的风尘女子混在一起,那些女子因穷困而被带入奴隶市场,只能靠浓妆艳抹,用皮肉去换取血泪和成的面做的面包。"

我说:

"那么,究竟是什么原因阻碍你到这座神殿来,面对上帝庄严和先辈的幻影坐在我的身旁呢?难道你已厌恶观察我的内心世界,你的灵魂要求告别和分离?"

她眼里噙着泪花,说:

"不是的,亲爱的。我的灵魂没有要求与你分开,因为你是它的一半。我的眼睛看你不会厌倦，因你是它的光明。但是，如若命中注定我必须戴上沉重桎梏和锁链去越过生活的重重障碍，我愿意你也遭受同样命运吗？"

我说：

"赛勒玛，你把一切情况全都告诉我吧！不要让我在这座宫殿里转来转去了！"

她回答说：

"我不能够把一切都说出来，因为痛苦已使我的舌头不能说话，失望已使嘴唇动弹不得。我能够说给你的，那便是我担心你落入那些人想抓我而支起的罗网中。"

我说：

"你指的是什么？赛勒玛！你担心谁会害我呢？"

她用手捂住脸，焦急地叹了口气，然后支支吾吾地说道：

"保罗·伽里卜大主教已经知道我每月都要从他为我设置的坟墓中出来一次。"

我问：

"大主教知道你在这里与我见面？"

她回答：

"假若他知道此事，你现在就看不到我坐在你身边了。不过，他总是胡乱猜疑，而且已经派出耳目监视我，指示他的仆人窥探我的行动。因此，我感到我住的房子和我走的路上，总是有人在盯着我，总是有手指指着我，有耳朵在窃听我的心灵低语。"

她低头沉思，泪流面颊，接着说：

"我并不怕大主教,因为溺水之人是不怕潮湿的。但是,我为你担心,因为你像阳光一样自由,我真怕你像我一样落入他的罗网,被他的魔爪抓住,用他的犬齿将你紧咬。我不怕灾难降临,因为所有灾难之箭都射入了我的胸膛。但我担忧的是你,因为你正值青春少年,我害怕毒蛇咬住你的双脚,使你不能登上山顶,虽然无限前程正满怀欢欣地等着你。"

我对她说:

"不曾遭受白日的毒蛇和黑夜的豺狼咬的人,总是在白日、黑夜面前逞强。不过,赛勒玛,你好好听我说,难道为了防受小人和坏蛋欺辱,眼下除了分手就没有别的路可走吗?莫非我们眼前的爱情、生活和自由之路全被堵死了吗?我们除了向死神奴隶的意愿屈服,再也没有别的办法了吗?"

她用饱含绝望和忧伤的语气说:

"眼下我们只有告别、分离了。"

听她这样一说,我的灵魂在我的肉体里造反了,我那青春的火炬烟雾四散。我攥住她的手,激昂地说:

"赛勒玛,我们长期屈从他人的意愿……自打我们初次会面到现在,我们总是被瞎子牵着走,跪倒在他们的偶像前面。自打我认识了你,我们就像两个球一样,在大主教保罗·伽里卜的手里,任凭其随意玩耍,任意丢东抛西。难道我们就这样永远任其摆弄,明明知道他心地黑暗,我们还是一味服从,直到坟墓将我们掩埋,大地将我们吞食?难道赐予我们生活的气息,为的是将我们置于死神脚下?莫非上帝给予我们自由,为的是让我们使其变成暴虐的影子?谁用自己的手熄灭了自己的心灵之火，便背叛了点燃此火的天公。谁逆来顺受，不反抗虐待，那就是背弃真理，成了杀害无辜者的同伙。赛勒玛，我爱你，你也爱我。爱情是上帝寄存在高尚敏感心灵那里的珍宝，难道我们能把我们的珍宝抛到猪圈里，任猪用鼻子将之拱来拱去，用蹄子将其踢东踢西？我们眼前的世界是一个宽广的舞台，充满着美丽神奇的事物，我们为什么要在大主教及其帮凶们挖掘的狭窄地洞里苟且偷生呢？我们的面前有生活，生活中有自由，自由中有欢乐和幸福，我们为什么不挣脱肩上的沉重枷锁，砸碎脚上的镣铐，奔向舒适、安静所在地呢？赛勒玛，站起来，让我们走出这小小神殿，到上帝的巨大殿堂去，让我们离开这个国家，摆脱奴役和愚昧，到盗贼之手伸不到、魔鬼毒蛇够不着的遥远国度去！来吧，让我们乘夜色快速赶到海边，登上一条船，让它载着我们到海外去，在那里开始充满纯情与理解的新生活！到了那里，蛇的毒气再也喷不到我们身上，猛兽的蹄子再也踩不着我们。赛勒玛，不要犹豫彷徨，这时刻比王冠宝贵，比天使的心地高尚。赛勒玛，站起来，让我们紧跟光明之柱前进，它会把我们从干旱沙漠带往繁花似锦、芳草如茵的田园！"

赛勒玛摇摇头，二目凝视着神殿上空一种不可见的什么东西，唇上浮现出一丝凄楚笑意，传达着她内心的磨难和痛苦。少顷，她平静地说：

"不能啊，亲爱的，不能！苍天递到我手里的是一杯醋和苦西瓜汁，我已将之喝下，杯中还剩不过几滴，我将坚持把它喝光，看看杯底究竟有什么秘密隐藏着。至于那种充满爱情、舒适和安逸的高尚的新生活，我是不配享受的，而且也无力承受它的欢乐和甜美。因为翅膀被折断的鸟儿，只能在岩石间跳来跳去，但却不能在天空翱翔、盘旋；患了眼疾的眼睛，只能看暗光里的东西，而不能直视强光。你不要对我谈论什么幸福，因为谈幸福与谈不幸一样，都会使我感到痛苦；你也不要对我描绘欢乐，因为欢乐的影子像苦难一样使我感到恐惧……不过，你要看看我，我要让你看看苍天在我的胸中灰烬之间点燃起来的圣火……你知道，我像母亲爱自己的独生子那样爱着你；正是这种爱教导我，要我保护你，保护你免受伤害，即使是因为我。正是这种用火净化过的纯真之爱，使我现在不能跟随你走天涯，使我泯灭自己的情感和爱好，以便让你自由清白地活着，永远免受人们的责骂和恶语中伤。有限的爱情要求占有被爱者，而无限的爱情只求爱的自身。青春苏醒与昏暗之时的爱情，仅仅满足于相会、联系，通过接吻、拥抱而成长。诞生在无限怀抱和随夜晚秘密而降落的爱情，只有求得永恒和无限才能满足，只在神性面前肃然站立……昨天，当我知道大主教保罗·伽里卜想阻止我走出他的侄子家门，意欲剥夺我结婚之后的唯一乐趣时，我站立在我的房间窗前，眺望大海，心中思想着海外的宽广国家、精神自由和个人独立，想象着自己生活在你的身边，被你的精神幻影包围，深深沉浸在你的柔情之中，然而，这些照亮了被压迫妇女的胸怀、使她们反抗陋习，以求生活在真理与自由氛围中的美梦，刚刚从我脑海里闪过，我便感到自惭形秽了。我认为我们之间的爱情脆弱得很，简直无力站在太阳面前。想到这里，我哭了起来，就像一位失去王位的君王和一个失去财宝的富翁。但是，不久我便透过泪滴看到了你的面容，看到了你的眼睛在凝视着我，想起了一次你对我说的话：'来吧，赛勒玛，让我们在敌人面前像勇士一样挺立，用我们的胸膛，而不是用脊背迎着敌人的刀锋剑刃吧！我们倒下去，要像烈士那样壮烈；我们得胜时，要像英雄那样活着……在艰难困苦面前，坚定地忍受心灵上的折磨，总比退缩到安全、舒适的地方要高尚。'亲爱的，当死神的翅膀在我父亲的病榻周围拍击时，你对我说了这几句话。昨天，当我绝望的翅膀在我的头上扇动时，我想起这几句话，受到了鼓舞，增添了勇气，感到自己在黑暗之中获得了心灵上的自由，使我蔑视灾难和痛苦。在我看来，我们的爱情深似大海，高若星辰，宽如浩宇。我今天来见你，在我疲惫、愁苦的心灵中有了一股新的力量，那就是为得到更伟大的收获，必须牺牲伟大收获的决心。我决计牺牲在你身边的幸福，以便让你在人们面前体面地生活，远避他的背弃和压迫……我昨天来这里时，软弱的双脚上拖着沉重的铁镣；而今天，我却带着无视铁镣沉重、不顾路途漫长的决心来到了这个地方。过去，我来这里，好像一个夜行的幻影，心惊胆战；如今，我像一个充满生气的女性，深深感到应该牺牲，晓知痛的价值，一心想保护自己所爱的人，使之免遭愚昧无知之辈欺辱，同时使之免受她那饥渴心灵的牵累。过去，我坐在你的面前，活像一个颤抖的影子；今天，我来到这里，要在神圣的阿施塔特女神和被钉在十字架上的耶稣面前，让你一睹我的真实面目。我是生长在阴影下的一棵树，如今已伸出枝条，以便在日光下摇曳一个时辰……亲爱的，我是来同你告别的；就让我们的告别像我们的爱情一样伟大、庄重，像熔金的烈火一样，使金光更加灿烂。"

赛勒玛没有给我留下说话和争辩的余地，而是望着我，二目闪着光芒，那光芒将我的身心紧紧拥抱。这时，她的脸上罩起庄严的面纱，俨然一位令人严肃起敬的女王。随后，她带着我从未见过的柔情扑到我的怀里，用她那光滑的手臂搂住我的脖子，久久地热吻我的双唇，唤醒了我体内的活力，激发了我心灵中的隐秘，使被我称作"我"的自我实体背叛整个世界，无声地屈从于神灵天规；把赛勒玛的胸膛作为神殿，将她的心灵当作圣殿，顶礼膜拜，毕恭毕敬。

* * *

夕阳落山，最后的余晖从花园、园林中消隐了。赛勒玛抖了抖身子，站在神殿中央，久久地望着神殿的墙壁和角落，仿佛想把她的二目之光全部倾在那些壁画和雕饰上。之后，她向前移动稍许，虔诚地跪在十字架上的耶稣像前一次又一次地亲吻着耶稣那受伤的双脚，低声细语地说：

"耶稣啊，我选定了你的十字架，抛弃了阿施塔特女神的欢乐。我要用芒刺代替桂花枝，编成花环，戴在自己的头上；我要用我的血和泪替代香水浴身；我要用盛美酒和多福河水的杯子饮下醋和苦西瓜汁。请你让我加入你那以弱为强的信徒行列，让我和那些由你选定的、将心上的忧愁当作欢乐的人们一起走向髑髅地吧！"

随后，她站起来，回头望着我说：

"现在，我将高高兴兴地回到群魔乱舞的黑暗的洞穴中去，亲爱的，你不要怜悯我，莫为我而感到难过！因为看见过上帝影子的心灵，是不会惧怕魔影的；一睹天堂盛果的眼睛，人间的痛苦无法再使之合上。"

赛勒玛身裹绸衣，走出了神殿，只留下我独自迷惘、彷徨、沉思，终于被带入了梦中幻景：神端坐宝座，天使记录着人的功过，精灵高声诵读生活悲剧，仙女吟唱爱情、悲伤和永恒之歌。

当我从这沉醉里苏醒过来时，夜色已用它那漆黑的幕幔笼罩了万物。我发现自己正在那些园林中踱步，耳朵仍在响着赛勒玛说过的那些话的回音，她的一动一静、面部表情和手势姿态一次又一次浮现在我的心灵中。当告别及其后孤寂、思念的痛苦现实地展现在我面前时，我的思想凝固了，我的心弦松弛了，第一次晓得人即使生下来时是自由的，却始终是先辈们制定的残酷清规戒律的奴隶；那被我们想象为天定秘密的命运，即是今天屈服于昨天，明天必向今日倾向让步。从那天夜里直到现在，我多少次思考使赛勒玛宁死勿生的心理规律；我又多少次将牺牲的崇高与叛逆者幸福进行比较，以便察看哪个更伟大、更壮美。但是，直至现在，我只明白了一条真理，那便是：真诚使一切行为变得美好、高尚；赛勒玛正是真诚的标志，虔诚的化身。

救星

赛勒玛结婚五年，未曾生育一男半女。一个孩子，可使夫妻间建立起精神联系；孩子的微笑，能拉近相互厌恶的两颗心灵，如同黎明将黑夜的末尾与白日的开端连接在一起。

不育女子，在任何地方都会遭冷眼。因为自私心理向多数男人这样描述前景：生命的继续在于子嗣体躯。因此，他们要求生儿育女，以便他们永生在大地上。

实利主义男子看待不育妻子，如同看慢性自杀。因此，他厌恶她，遗弃她，希望她死，仿佛她是一个想置他于死地的背信弃义的仇敌。曼苏尔·伽里卜贝克就是一个实利主义者，像黄土一样平庸、钢铁一样冷酷、墓地一样贪婪。他渴望有个儿子，继承他的姓名和性格，正是这种渴望使他讨厌可怜的赛勒玛。在他的眼里，赛勒玛的美德，变成了不可宽恕的罪恶。

生长在山洞里的树不会结果，屈居生活阴影下的赛勒玛不可能生育。夜莺不会在笼子里筑巢，以防将奴隶身份传给雏鸟。赛勒玛是个不幸囚徒，苍天没有把她的生命分成两个俘虏。山谷里的鲜花，本是太阳的温情与大自然的恋意相结合生下的孩子；人类的孩子，则是爱情与怜悯孕育出来的鲜花。赛勒玛在那座建在贝鲁特海滨的豪宅里，从来没有感受到怜悯的气息和温情的触摸。但是，她常在夜深人静之时向苍天祈祷，求主赐予她一个孩子，期望孩子用他那玫瑰色的手指揩干她的眼泪，用他的目光驱散她心中的死神幻影。

赛勒玛苦心祈祷，致使天空中响彻祷告声和恳求声。她虔诚求救，呼唤声驱散了乌云。苍天听到了她的呼声，把一支充满甜蜜的情感的欢歌播入了她的腹中，终于让她在结婚五个年头之后，准备做母亲，一扫她的屈辱了。

生长在山洞里的树要开花结果了。

被关在笼中的夜莺要用自己翅膀上的翎羽筑巢了。

被丢在脚下的六弦琴，已被放在东方吹来的微风口上，等待风波吹动它剩余的琴弦了。

可怜的赛勒玛伸出她那戴着锁链的双臂，就要接受苍天的赐赠了。

一个不育的女人，一旦永恒规律让她准备做母亲，她的欢快心情是生活中的其他欢乐所不能与之相比的。春天苏醒时的壮美与黎明带来的所有欢乐，全都聚集在权利曾被上帝剥夺、随后又蒙赐予的女人的胸间。

世间没有比腹中胎儿放出来的光芒更灿烂夺目了。

当四月漫步在丘山和坡地时，赛勒玛十月怀胎，就要产下头胎了。仿佛大自然已与她约定好，开始生出百花，并用温暖襁褓包裹青草婴儿。

等待的数月过去了，赛勒玛盼着解脱之日，就像出门人盼着启明星升起。她透过泪帘看未来，看到未来闪着光；透过眼泪看黑暗的东西常常闪烁光芒。

一天夜里，黑暗阴影在贝鲁特的住宅区里游荡。赛勒玛躺在床上，阵痛已经开始。生与死在她的床边激烈地搏斗着。医生和接生婆站在那里，准备为这个世界送来一位新客。路上已静下来，不见行人来往，海浪的歌声也已低沉下来，只听到曼苏尔·伽里卜贝克的家宅窗里传出高声喊叫……那是生命与生命分离的喊声……那是虚无太空中求生欲望的呼声……那是人的有限力量在无限力量静默面前发出的呐喊……那是躺在生与死两位巨神脚下的柔弱的赛勒玛的喊声。

东方透出黎明曙光之时，赛勒玛生下一个男婴。当她听到婴儿初啼声时，她睁开由于疼痛而合上的双眼，向四周张望，看到房间里满是笑脸……当她再次定睛凝视时，发现生与死仍在她的床边搏斗，于是她又合上了眼，第一次喊道："我的孩子啊！"

接生婆用丝绸襁褓把婴儿裹好，放在母亲对面，而医生却用忧愁的目光望着赛勒玛，不时默默摇头。

欢乐声惊醒了部分邻居，他们纷纷穿着睡衣去向孩子的父亲道贺，而医生却用慈悲的目光望着母子。

仆人们急忙去向曼苏尔·伽里卜贝克报告后继有人的喜讯，盼望得到赏钱，而医生一直站在那里，用绝望的目光凝视着赛勒玛和她的婴儿。

太阳出来了。赛勒玛将孩子抱近乳房，孩子第一次睁开眼睛，望着她的眼睛，随之一阵抽搐，便最后一次闭上了眼睛。医生走过去，将孩子从她的双臂间抱走，但见两颗硕大泪珠夺眶滚落在他的面颊上，随后低声细语道：

"这是位匆匆来去的过客啊！"

孩子死了，而本区的居民们还在大厅里与孩子的父亲一道欢庆，

被折断的翅膀

祝贝克先生长寿呢！可怜的赛勒玛凝视着医生，高声喊道：

"把孩子给我，让我抱抱！"

当她再度凝神注目时，发现死与生依然在她的床边搏斗着。

孩子死了，而庆贺孩子降生的人们依旧把盏碰杯，欢声一浪高过一浪。

孩子与黎明一起出生，在日出时分死去，哪个人能将时间丈量一下，并且告诉我们：从黎明到日出这段时间，是不是比一些民族从崛起到衰亡的岁月更短暂呢？

孩子像念头一样产生，似叹气一样死去，若阴影一样消隐，他使赛勒玛尝到了母性的滋味，但他既没有让她幸福，也没有来得及把死神的手从她的心头移开。

那是一个短暂的生命，自夜末开始，随着白日到来结束，正如一滴朝露，从黑夜眼中淌出，随即被晨光手指揩干。

那是永恒法则刚刚吐出的一个字眼，旋即后悔，随之将它送回永久沉寂中去……

那是一颗珍珠，涨潮将之刚刚抛到岸边，退潮又把它卷入大海深处……

那是一朵百合花，刚从生命的花蕊中绽放出来，便在死神脚下被踩得粉碎……

那是一位贵客，赛勒玛急切地盼他到来，但他却刚来就走了；两扇门刚刚开启，他已影踪全无……

那是一个胎儿，刚刚长成孩子，便已化成了泥土。这就是人的一生，而且是民族的一生，也是太阳、月亮、星辰的一生。赛勒玛

把目光转向医生,无限思念地叹了口气,高声喊道:

"把我的儿子给我,让我抱抱他……把我的孩子给我,让我给他喂奶……"

医生低下头,哽咽得几乎说不出话来:

"太太,孩子……他……死啦……你要坚强些,要忍耐,好好活下去。"

赛勒玛一声大喊,随之沉默片刻。接着,她高兴地微微一笑,容光焕发,仿佛知道了一件不曾知晓的什么事,平静地说:

"把我孩子的尸体给我,让他死了也要靠近我的身旁。"

医生把死婴抱起来,放在她的怀里。赛勒玛把死婴紧紧抱在胸前,将脸转向墙壁,对死婴说:

"孩子,你是来带我走的。你是给我指引一条通向彼岸的道路的。孩子,我就在这儿,你在前面领路,让我们一起走出这黑暗洞穴吧!"

片刻之后,阳光透过窗帘射进房间,洒落在躺在床上的两具尸体上。那床由母性的庄严守护,被死神的翅膀遮盖着。

医生哭着走出房间。当他来到大厅里,道喜者们的欢呼声立即被号哭声所替代。曼苏尔贝克没有大声喊叫,没有叹气,既没有淌一滴眼泪,也没有说一句话,一直呆站在那里,如同一尊偶像,右手里还握着酒杯。

* * *

第二天,赛勒玛身穿白色婚纱,被放入雪白天鹅绒衬里的棺材里。她的孩子则裹着襁褓，母亲那寂静的怀抱则做了他的棺木和坟墓。

人们抬着一口棺材中的两具尸体，缓步走去；那缓慢脚步酷似临终者的心脏搏动。送葬的人们朝前走去，我夹在他们中间，谁也不认识我，无从知道我的心情。

人们到达墓地，大主教保罗·伽里卜挺直站着，开始吟诵赞美诗，念咒语。祭司们站在大主教周围，唱圣歌、做祈祷，他们那阴暗的脸上毫无表情，蒙着一层心不在焉的面纱。

当人们把棺材放入墓坑时，一个站着的人低声说：

"这是我第一次看见两具尸体合用一口棺材……"

另一个人说：

"仿佛孩子是来带母亲走的。目的在于把母亲从其丈夫的暴虐和冷酷中拯救出来。"

又有一个人说：

"你们仔细瞧瞧曼苏尔·伽里卜贝克那张脸，他正瞪着两只玻璃眼望天，仿佛他没有在一天之中丧妻又失子。"

还有一个人说：

"明天，他的大主教叔叔会给他娶一个更有钱、更健壮的婆娘。"

祭司们不住地诵经、祈祷，直到掘墓工将坟土堆好。接着，送殡的人们一个一个地走近大主教和他的侄子，用种种善言劝二人忍耐节哀和安慰叔侄俩。我则孤零零地站在那里，没有人对我的灾难表示慰问，好像赛勒玛母子不是我最亲近的人。

送殡的人们回去了，只剩下一掘墓工站在那座新坟墓旁，手里握

着锹和铲。我走近他,问道:

"你还记得法里斯·凯拉麦的坟墓在什么地方吗?"

他久久地望着我,然后指着赛勒玛的坟,说:

"就在这个坟坑里。他的女儿躺在他的怀里,而女儿的怀里还抱着自己的小儿子。我用这把锹,把他们全埋在土里了。"

我对他说:

"师傅,你把我的心也埋在了这个坑里。你的双臂真有力气!"

掘墓工的身影消失在松柏林后时,我再也忍耐不住,扑在赛勒玛的坟上,痛悼失声,泪淌不止。